SEULE

DE LA MÊME AUTEURE :

Illégitimes, Fayard, 2021.

Nesrine Slaoui

Seule

roman

Fayard

Couverture : Hokus Pokus création
Illustration : Nade

Chansons citées dans le texte : page 88 : Diam's, « Ma souffrance », © Universal Music ; page 103 : Wejdene, « Je t'aime de ouf », © Sony Music / Guette l'ascension / Blue Sky.

ISBN : 978-2-213-72149-1

Ce livre est une fiction,
même s'il est inspiré de plusieurs faits réels,
il ne peut être considéré comme une enquête :
les personnages sont inventés.

Il est tout particulièrement dédié à Alisha
dont l'histoire m'a troublée, indignée
puis poussée à écrire.

« J'écris pour ces femmes qui ne parlent pas,
pour celles qui n'ont pas de voix
parce qu'elles sont terrorisées,
parce qu'on nous a plus appris à respecter
la peur qu'à nous respecter nous-même.
On nous a dit que le silence nous sauverait,
mais c'est faux. »

Audre Lorde

PREMIÈRE PARTIE

« En fait, malheureusement,
le constat triste et général,
c'est que la norme quand on accumule
toutes les oppressions,
quand on n'a aucun moyen de se révolter,
sauf le faire pour le faire,
c'est tout de même de se résigner, un peu. »

Gisèle Halimi

3 septembre 2021
Cité Champagne, Argenteuil

Dans les quartiers Nord de Marseille, à la Bricarde comme à la Castellane, centres névralgiques du trafic de stups où un minot meurt tué par balles de kalachnikov tous les quinze jours, les fenêtres offrent une vue de rêve et dégagée sur la mer Méditerranée. Une provocation, un horizon enviable faussement accessible car seule la plage de l'Estaque, la plus petite, l'est vraiment. Ici, cité Champagne, bien plus calme, à une vingtaine de kilomètres au nord-ouest de Paris, les balcons des logements sociaux offrent un panorama sur la capitale et ses monuments, au premier rang desquels la tour Eiffel, éclairée la nuit. Karim avait montré la vue à sa femme Yamina en dernier, comme une surprise, le jour de leur installation. Ils étaient étonnés, tous les deux, qu'un tel luxe s'invite jusque dans ces lieux retirés. C'était à se demander si les urbanistes et les architectes de ces grands ensembles cherchaient à amplifier le contraste entre ici et là-bas, ou au contraire à adoucir la tristesse abandonnée de cette cité d'Argenteuil. Ils imaginaient peut-être qu'en regardant au loin les habitants oublieraient la réalité à leurs pieds : les ascenseurs en panne, les halls imprégnés d'urine.

Au neuvième étage de sa tour, Anissa ne se souciait guère de l'horizon. Enfermée dans sa chambre, elle essayait de se prendre en photo avec son téléphone. Mais même en se hissant sur la pointe des pieds, ce qui allongeait ses jambes, et en courbant son dos pour accentuer ses fesses, aucun cliché n'était publiable sur Instagram. Pourtant, elle connaissait par cœur les astuces qui mettent en valeur une silhouette : se placer légèrement de profil, rentrer le ventre avec une main sur la taille. Quant au visage, elle évitait de sourire et gardait la bouche légèrement entrouverte pour figer ses traits fins. À force de parcourir les réseaux sociaux pendant des heures, tous les jours, elle appliquait leurs codes sans même s'en rendre compte. Mais, rien à faire : le reflet dans le miroir rectangulaire de sa chambre résistait à ses tentatives de domestication, et ce qu'elle tentait désespérément de photographier refusait de coïncider avec les autres profils qui défilaient sur l'écran. Sans filtre, sans artifice, son corps et son visage révélaient un physique ordinaire, ses imperfections, ses asymétries. Tout ça semblait loin de l'idéal calibré conçu de toutes pièces par les réseaux, de ses créatures, de ses fantasmes. Elle ne pouvait pas concourir, elle ne pouvait pas lutter. Et ce décalage entre sa réalité, modeste et émouvante, et ce à quoi elle voulait ressembler la torturait. Elle appréciait seulement son ventre plat d'adolescente. Le reste, elle le trouvait trop petit, trop filiforme, pas assez *femme*.

Dans sa classe de quatrième, quelques camarades arboraient de la poitrine, plus ou moins subtilement. Anissa s'observa quelques instants et ne trouva rien à mettre en avant. Enfin, rien de ce qu'Instagram valorise. Elle mesurait pourtant presque 1,70 mètre mais sans forme. Pas de seins, pas de fesses, pas de hanches ; ni lèvres pulpeuses, ni sourcils parfaitement dessinés ni faux ongles joliment colorés. Et même si elle prenait soin de ses longs cheveux noirs ondulés – leur appliquant tous les dimanches un mélange millimétré d'huiles végétales de ricin, de moutarde, de jojoba –, ils ne tombaient pas aussi joliment que sur les tutos des influenceuses. Anissa ne mesurait même pas la beauté de son teint olive – malgré ses petits boutons d'acné. Ses parents ne l'autorisaient pas encore à les cacher sous de l'anticerne, alors que beaucoup dans son collège se prêtaient déjà quotidiennement à l'art du maquillage. Elle aurait aimé s'entraîner, elle aussi, s'exercer à l'eye-liner – il fallait le pratiquer pendant des mois, voire des années, pour prétendre le maîtriser. Après une vingtaine d'essais qu'elle jugea infructueux, Anissa s'assit sur son lit et renonça à son selfie. *Un jour j'aurai assez d'argent pour faire de la chirurgie esthétique*. Cette perspective la réjouissait.

Son corps, elle le vivait comme un fardeau, il l'empêchait de plaire aux garçons qui, eux aussi, le comparaient à ceux des réseaux sociaux. Elle en était convaincue. À l'école, ils regardaient avec insistance celles dont les seins arrondissaient les pulls. Dans leur classement annuel des plus jolies filles, son nom n'apparaissait jamais. L'adolescente devait en plus composer avec les trouvailles shopping saugrenues de sa mère, qui privilégiait le confort et les prix bas, les matières bas de gamme, au bon goût ou à la mode. Elle grimaçait souvent sans oser rien dire devant les sacs remplis de pantalons de velours violets ou jaunes, trop grands, de pulls criblés de motifs enfantins – ribambelles de fleurs à paillettes, etc. Plus elle vieillissait, plus elle en avait honte, bien sûr. Pour se rendre en classe, elle portait presque exclusivement ce pantalon noir moulant aux fines rayures blanches verticales et les rares hauts un peu sobres qui lui plaisaient. Dans l'intimité de sa chambre, la jeune fille pouvait enfin extraire de leurs cachettes les tops courts achetés dans le dos de ses parents. Elle s'amusait alors à enfiler les minidébardeurs échancrés et colorés entassés dans une boîte à chaussures sous son lit. Ils ressemblaient à ceux qu'elle admirait sur les sites internet des grandes marques de fastfashion.

Ne pas exister sur Insta ravageait chaque jour davantage l'estime déjà faible qu'Anissa avait d'elle-même. Elle se trouvait de plus en plus laide. D'autant qu'elle subissait à n'en plus finir des moqueries au quotidien, sur sa grande taille, sur sa minceur. Parfois, avant de dormir, elle recevait d'un camarade de classe un texto où il était juste écrit « t'es moche ». Parfois, une dizaine de messages de ce genre arrivaient d'un seul coup dans une conversation de groupe sur Snapchat, avant de disparaître.

Quand elle en parlait à des copines, qui n'en étaient pas, on lui reprochait sa susceptibilité. Anissa ne se sentait pas autorisée à se plaindre. Le harcèlement qu'elle endurait était d'autant plus douloureux qu'il ne laissait aucune trace apparente – nulle part.

Ce matin-là, alors qu'Anissa encaissait en silence ces humiliations depuis des mois, son corps prit la parole. Accumulées en elle, les unes après les autres, les insultes formaient, à force, une boule au fond de son estomac. *J'ai mal au ventre, maman.* Yamina n'y croyait pas. Elle soupçonnait un stratagème pour éviter l'école. *Roh non tu vas pas commencer, tu vas y aller !* Elle ne pouvait pas savoir, Yamina, à quel point chaque jour passé là-bas mettait en danger la vie de sa fille. La femme de ménage l'enviait presque d'avoir la chance de pouvoir rester assise, sur une chaise, au chaud, à apprendre cette langue dont les interminables règles de conjugaison et de grammaire lui échappaient encore. Au Maroc, elle s'était mariée à peine majeure et avait rejoint ici son époux, installé depuis deux ans, en automne 1990. Malgré le stress, la perspective du long voyage en bateau, le sentiment d'arrachement, elle traîna ses valises, enceinte de leur premier enfant, de Casablanca à Tanger, pour embarquer. Elle avait dans un premier temps refusé de demander de l'aide avant de se laisser guider par un voyageur. Sans aucun repère, elle était perdue, ballottée dans la foule. Après deux nuits de solitude et de mal de mer, elle avait retrouvé Karim, son mari, qui l'attendait à Marseille, tout fier, devant sa Peugeot 205. Ils filèrent en direction du nord, en silence. Ils ne le brisèrent que pour parler du Maroc, Yamina déjà nostalgique de ce pays qu'elle venait de quitter.

Voilà, c'est ici chez nous ! Le *chez nous*, dans cette phrase prononcée en darija, sonna presque ironiquement, quand il se gara, en début de soirée, dans cette banlieue parisienne de l'Ouest. Yamina n'avait pas imaginé Paris comme ça : un gruyère de tours de béton blafardes, immenses et décevantes. *Tu verras la tour Eiffel depuis l'appartement, elle est encore plus belle de loin.* Karim lui apprenait déjà à rester à l'écart, comme lui. L'immigré évitait d'approcher la France de trop près, même si elle semblait les accueillir, il redoutait encore l'hostilité des regards, les réflexes trop souvent cruels des anciens colons.

Les années qui suivirent leur installation à Argenteuil – si loin du doux soleil, de l'air marin et de l'agitation familière de Casablanca –, la mère de famille s'occupa du foyer. Elle n'entreprit de travailler qu'après l'entrée en maternelle d'Anissa, la petite dernière, qui fêtait cette année ses quatorze ans. Le père, lui, fut d'abord manutentionnaire cariste chez Dassault Aviation avant de rejoindre l'entreprise de maçonnerie d'un ami. Les produits chimiques l'avaient bousillé, les gestes répétitifs, à force, aussi. Leur quotidien dans cette cité du Val-d'Oise ressemblait à celui de millions d'autres immigrés.

Dans les années 1970, au pied du bâtiment incurvé – qui constitue à lui seul tout le quartier –, des champs d'asperges s'étendaient encore sur la terre des Coteaux, progressivement rasés et remplacés par des pavillons. La cité ouvrière au nom festif, construite à la hâte au pied de la butte des Châtaigniers dans une frénésie d'urbanisation, se targuait à l'époque d'une vraie convivialité bercée par les valeurs du communisme. Tout se trouvait à proximité, au pas de la porte : un boulanger, un charcutier, un marchand de journaux, un cordonnier, une mercerie et deux coiffeurs. Il y a vingt ans, la solidarité régnait encore. Le quartier vivait au rythme des fêtes et des activités organisées par l'association locale. Tout s'est arrêté et les commerces ont fermé. Il ne reste qu'un salon de coiffure, une pharmacie et une pizzeria tenue par les jeunes habitants du coin : l'amicale des locataires leur en avait confié la direction pour les aider, les occuper, et tenter de calmer les tensions avec les baqueux. Peu de temps auparavant, sur le segment de route séparant la cité Champagne de la cité Roussillon juste au-dessus, un jeune homme avait percuté en motocross un poteau électrique alors qu'il circulait sans casque sur le trottoir, selon le parquet. Une voiture de la brigade anticriminalité circulait au même moment cette nuit de mai vers 2 heures du matin. Sabri est mort le lendemain. L'affaire a été classée sans suite, mais ses proches estiment que cette présence policière a un lien avec la mort du motard. Ils s'appuyent sur des témoins qui affirment avoir vu le véhicule arriver gyrophare allumé. Ils réclament l'écoute des communications radio pour déterminer s'ils avaient eu la volonté de l'interpeller. En vain. Ici, comme partout ailleurs, les habitants des quartiers populaires fuient devant la police, par crainte d'y laisser leur vie.

L'ambiance se dégradait depuis longtemps dans la cité. La façade grisâtre de la banane – surnom donné par les habitants – ne reflète plus aucune lumière ; même sous un ciel bleu sans nuages, l'édifice couvert de saleté paraît ombragé. Malgré les promesses annuelles du bailleur, rien n'a été rénové depuis 1995. Trois cent soixante-dix-neuf logements sur treize étages, et autant de vies laissées pour compte. Parmi eux, celui des Bentaleb : un trois-pièces de soixante et onze mètres carrés loué pour 550 euros. Impossible, à ce prix-là, d'imaginer vivre ailleurs. Tant pis si la lumière de la chambre d'Anissa n'est pas idéale pour ses séances photo improvisées.

De toute façon, Yamina, Karim et Anissa sortaient peu. Les parents, à peine le nez dehors, baissaient la tête. Seuls les voisins d'immeuble les saluaient avec entrain parce qu'ils partageaient la même condition. Ils partaient, presque en même temps, tôt le matin, vers le centre-ville, les usines en périphérie ou une autre banlieue de l'Ouest, et revenaient le soir dans la fourmilière, parfois après avoir enchaîné plusieurs petits boulots dont certains payés au noir pour arrondir les fins de mois. Le reste du temps, ils ne la quittaient pas, cette fourmilière, comme si l'ordre social s'était matérialisé avec un checkpoint à l'entrée de la cité et empêchait ses habitants de rester trop longtemps à l'extérieur.

Yamina s'accommodait de ce quotidien et conjurait le manque de reconnaissance par la réussite scolaire de ses enfants ; une rétribution, par procuration, de ses propres sacrifices. Dans les bulletins d'Anissa, les professeurs la félicitaient souvent pour son calme et ses capacités de concentration. Ils ne savaient pas, eux non plus, à quel point ce calme était un symptôme : la collégienne s'effaçait pour ne pas risquer d'attirer la violence. Elle se blottissait dans le silence en espérant qu'il la protège. Ce jour-là, celui où la boule dans son ventre apparut, où elle demanda un peu de répit, elle espérait être entendue. Juste une journée enfermée, seule, devant YouTube ou à apprendre des chorégraphies sur TikTok sans avoir à redouter quoi que ce soit. S'extraire, rien qu'une fois, du climat hostile qui la cernait. Mais sa mère ne l'a pas entendue. Elle a cru à un caprice ordinaire, elle n'avait aucun moyen d'évaluer ni de comprendre ce que sa fille vivait. Ce jour-là, elle l'a forcée à enfiler son manteau et, à contrecœur, Anissa a dévalé les escaliers sans même tenter d'appeler l'ascenseur.

3 septembre 2021
Siège social de Clichy

Depuis l'obtention de son master en marketing dans une école de commerce de prestige, Nora travaillait dans un grand groupe français de cosmétiques dont elle pilotait la stratégie globale sur les réseaux sociaux. C'était la seule femme maghrébine du service, sûrement même de tout le bâtiment ; en tout cas, elle n'en avait jamais croisé d'autre. Elle était aussi la plus qualifiée, la plus ambitieuse, et la moins bien payée. Au détour d'une conversation avec la nouvelle recrue en community management, Mathieu lui dévoila sa rémunération : huit cents euros de plus qu'elle alors qu'il sortait à peine de l'école. Nora avait cinq ans d'expérience de plus, elle le vécut comme une agression. D'abord, elle voulut se plaindre auprès de Christelle, du service des ressources humaines, mais finalement elle renonça : elle passerait sûrement pour une banlieusarde agressive et insatisfaite qu'il faudrait rapidement ou recadrer, ou remplacer. Nora sentait toujours planer sur elle une menace latente : si elle parlait un peu trop franchement on lui ferait payer le prix de son irrévérence. Parce qu'on attendait d'elle la gratitude, on attendait d'elle l'allégeance. Toute prise de position un peu trop engagée, ou trop offensive, serait fatalement retenue contre elle. Sur ce plan-là, elle se sentait guettée, surveillée, et elle redoutait le moment où l'un d'entre eux ne pourrait que jouir de trahir ce qu'il pensait : *Ah voilà, ils sont tous pareils, on leur donne leur chance, ils en veulent toujours plus*. Nora connaissait bien ces discours paternalistes qui consistaient à se féliciter d'avoir *osé* l'engager parce que, *quand même, à ce poste prisé, une femme, une femme arabe en plus : quelle prise de risque, rendez-vous compte !* Ce geste, elle le savait, elle devrait en être à jamais reconnaissante sans jamais demander de rétribution plus juste de son travail. À tous les coups, ce qui lui semblait pourtant légitime serait jugé arrogant.

Au départ, en entrant dans la boîte à l'occasion d'un stage juste après ses études, Nora assumait une stratégie d'effacement, presque même de fausse complicité quand autour d'elle se voyaient mentionnés pêle-mêle, dans des blagues, la chicha, le couscous, le souk de

Marrakech, les gâteaux de l'Aïd, ou qu'un chef répondait *inch'Allah* lorsqu'elle exposait ses idées. Elle acceptait tout ça au nom de son ambition et pour maintenir son indépendance économique. Et elle s'appliquait, sans relâche, à être irréprochable, travailleuse ardue et peu revendicative. Peut-être que le silence et la docilité étaient le prix à payer pour être promue, réussir, et parvenir à s'imposer, pensait-elle. Car elle l'aimait, ce travail, même avec ses réunions inutiles, interminables, et même si les réflexions des autres employés étaient parfois pénibles ou insupportables. Il représentait l'aboutissement de longues années de sacrifices, d'enchaînement de jobs étudiants et de centaines de candidatures envoyées par mail à des adresses génériques puisqu'elle ne jouissait d'aucune relation, d'aucun réseau.

Puis un jour, tout a basculé. Et elle décida de se défendre plus fermement, avec le vocabulaire convenu, d'imposer la singularité de sa vision dans ce milieu si monolithique qui ne maîtrisait pas, sans elle, les nouveaux enjeux numériques. Elle fut promue la quatrième année après son entrée dans l'entreprise, après le succès foudroyant d'une campagne menée avec une influenceuse noire ultra populaire. Comme beaucoup d'autres en matière de *diversité* – mot fourre-tout qui regroupe à la fois les femmes, les minorités ethniques, les LGBTQIA+ et les personnes avec un handicap –, son entreprise travaillait plutôt à améliorer son image qu'elle ne se souciait réellement de ces questions d'inclusivité. Nora se mit pourtant à rêver de changer les choses, petit à petit, de l'intérieur. Changer la représentation des femmes non blanches surtout, noires et arabes comme ses copines et elle, en les imposant dans la cosmétique qui valorise depuis si longtemps la beauté blanche et anorexique. Elle se laissa croire qu'en tant que cadre dans l'un de ces grands groupes qui façonne l'image de « la femme », et donc les complexes des autres, elle pourrait presque en devenir le virus vertueux, favoriser, de projet en projet, l'émergence d'une industrie à l'image de la société, plus représentative et plus sensible. En réalité, chaque fois qu'elle faisait preuve d'ingéniosité et de créativité pour le lancement d'un nouveau rouge à lèvres en imaginant le faire avec une égérie portant le foulard, par exemple, on lui répétait sans cesse : *Il faut défendre une beauté plus universelle.* Et comment démontrer, dans une salle de conférences à majorité blanche, l'impensé raciste de tels propos sans risquer un débat interminable, des crises de larmes, voire un avertissement pour propos inadmissibles ? Il ne fallait surtout pas qu'elle soit soupçonnée de militantisme.

Nora dépendait de ce travail, source de grande fierté pour elle et pour les siens, parce qu'il lui permettait de payer son loyer. Rien que le nom de la marque inscrit sur son badge illuminait le regard des petites de son ancien quartier quand elle le leur montrait. Pour les plus âgés, elle faisait désormais partie des autres, en blazer et pantalon à pinces, de celles qui exhibent leurs manucures parce qu'elles ne se trempent pas les mains dans la javel, de celles qui peuvent prendre des taxis, de celles qui voyagent sans cesse aux quatre coins du monde, des privilégiés. Elle inspirait même, parfois, ressentiment et envie. Certains l'accusaient de trahison, de pécher par orgueil, quand ses talons claquaient sur le sol bétonné de la cité. C'était vécu comme une provocation. Ici, on ne portait des talons aiguilles que les jours de mariage ou de fête. Malgré tout, Nora restait une figure de réussite locale ; le maire et les professeurs la mettaient en avant. Ceux qui grandissent dans un environnement modeste ressentent, bien plus que les autres, le besoin d'exemples, de succès fulgurants, même si ces cas exceptionnels ne sont, en réalité, que le reflet inversé du déterminisme opprimant la majorité. Dans cette cité-là, il n'y avait ni rappeur, ni footballeur, mais il y avait Nora.

Nora taisait la vérité. La vérité, c'est que tu restes un pauvre à vie. Certaines statuts te fondent, ils te fondent radicalement. Les habitants de son quartier populaire, comme ceux de beaucoup d'autres, sont convaincus que la réussite sociale est une fin en soi, une réponse définitive à la violence du racisme, du mépris de classe, et qu'elle éteint même la colère. On leur a vendu un mythe républicain d'égalité, mais une égalité conditionnée seulement s'ils font leurs preuves, seulement s'ils se hissent à la hauteur de la grande mère patrie. Et ils sont poussés à y croire, alors même que cette illusion les condamne dès le départ à une posture d'allégeance et d'infériorité. Nora faisait tout bien sans que cela suffise jamais. Elle commençait à être épuisée, ballottée entre deux mondes ; celui des siens qu'elle voulait tout en même temps fuir, défendre et représenter, et celui qui ne la considérerait jamais que comme une rescapée. Abel était le seul qui comprenait son déchirement, sa lutte intime. C'était l'homme qui partageait sa vie depuis six ans.

25 novembre 2021
Collège Émile-Durkheim, Argenteuil

Trois mois après la rentrée scolaire, un nouvel élève surgit en plein cours de mathématiques, brisant les litanies du professeur et extirpant les élèves de la torpeur dans laquelle ils étaient plongés. L'arrivée de Dylan fut l'attraction de ce dernier jeudi de novembre. Il était blanc, le troisième de la classe, et ses cheveux châtains, ses yeux verts attirèrent tous les regards. L'adolescent ne semblait pas du tout intimidé par les gloussements de ses nouveaux camarades. Bien au contraire, il donnait presque l'impression de se délecter de ce moment de gloire – il entrait en scène. La mère du jeune homme – fonctionnaire tout juste divorcée – venait de s'installer à quelques kilomètres de l'établissement, dans la zone pavillonnaire. Fervente défenderesse de la mixité sociale, elle refusait, contrairement à d'autres, d'adopter la stratégie bourgeoise visant à éloigner son fils d'un collège classé en réseau d'éducation prioritaire. En réalité, Dylan dans son corps maigre n'en menait pas large mais se tenait droit, dignement, bien décidé à faire sa place. Dans les écoles populaires comme dans les établissements privilégiés, les logiques de pouvoir restent les mêmes ; il est aux mains des mini-machos en puissance qui distribuent, d'une voix ingrate et éraillée, les moqueries et les louanges en fonction du degré de respectabilité des uns et des autres, évaluée à la va-vite, dans les couloirs. Les collégiennes – en bas de l'échelle mais toutefois au-dessus des homos ou trans présumés – sont les cibles privilégiées de leurs blagues lourdes, parfois sexuelles.

Tandis que l'enseignant le présentait, devant son bureau, Dylan repéra en un seul coup d'œil les maîtres du jeu : l'équipe du fond, affalés sur leurs chaises. Il devait, pour l'instant, se contenter de la seule place disponible au deuxième rang sur la gauche, collée à la fenêtre – à côté d'Anissa. Dylan comprit tout de suite qu'elle était marginalisée. Selon la hiérarchie établie par les garçons, elle se situait en dessous de tout le monde, méprisée, piétinée, comme les cailloux de la cour. Sitôt assis près d'elle, des ricanements fusèrent en sourdine, et au bout de quelques secondes, les téléphones de tous les élèves vibrèrent à l'unisson. Le dos tourné et prêt à reprendre sa leçon, M. Duvernier fit semblant de ne rien entendre, fatigué de lutter contre ces parasites sonores et le cirque de ceux qui toussaient faussement, de tous leurs poumons, espérant les couvrir. Si l'élève n'était pas pris sur le fait, téléphone en main, il choisissait d'ignorer le problème. Anissa observa discrètement le sien, niché dans un coin de sa trousse, et ouvrit la notification d'un glissement de doigt : « La planche à pain drague le nouveau lol. » Par-dessus l'épaule de sa voisine, Dylan identifia l'application Snapchat sans parvenir pourtant à déchiffrer le message.

– C'est le groupe Snapchat de la classe ?

Anissa s'effondra intérieurement. Dylan n'était pas là depuis un quart d'heure qu'il ne pouvait déjà plus ignorer qu'elle était quotidiennement persécutée sur ce groupe. Pourtant, la pratique est répandue : les collégiens s'ajoutent, par niveau scolaire, sur le réseau social dont les messages, les photos et les vidéos envoyés s'effacent juste après lecture. Ils y partagent des infos sur leur emploi du temps, les professeurs absents, les dates de contrôle et surtout des ragots. Une cour de récréation sans surveillance qui favorise, à la longue, la formation progressive de véritables hordes virtuelles.

Les chefs autoproclamés, trois ici, en profitent pour y balancer des gifs sexuels.

– Oui, tu veux que je t'ajoute ?

Dylan lui donna son pseudo et Anissa lui envoya une invitation en quelques secondes via la barre de recherche.

– Je t'accepterai ce soir, mes parents ne me laissent pas apporter mon portable à l'école.

Le soir même, Dylan honora sa promesse : « Merci de l'ajout, belle gosse. » Le compliment déclencha un timide sourire sur les lèvres d'Anissa alors plongée dans sa musique, les écouteurs bien enfoncés dans ses oreilles pour étouffer le bruit du monde. C'était peut-être juste un réflexe, une ponctuation, mais cela faisait si longtemps, voire des années, qu'elle ne recevait plus de compliments. Chez elle, à la maison, une sorte de gêne inhibait toujours l'expression des sentiments, et l'apparence physique, on ne s'en souciait pas.

Enfin si, justement, le père Bentaleb se souciait bien trop de la beauté de ses filles. Il s'en inquiétait chaque fois que l'une d'entre elles se préparait dans la salle de bains. Mais il se gardait bien de le leur dire. Leur avouer qu'elles étaient belles jetterait peut-être sur elles une malédiction, il le redoutait en tout cas. Lorsque ses protégées tardaient à rentrer, le soir, il ne pouvait s'empêcher de les imaginer dans des bras hostiles et priait sans cesse qu'elles décèlent l'intention prédatrice derrière la galanterie masculine. Voilà pourquoi il ne les flattait pas : en niant leur charme, il espérait l'effacer aux yeux des autres. Il leur inculquait des interdits sexistes, comme la majorité des pères, davantage par peur des hommes, du danger qu'ils représentaient, que par plaisir de les contraindre. Il surveillait discrètement leurs tenues, leur maquillage, et confiait à sa femme la tâche de transmettre ses consignes, ou ses reproches. Il n'aimait pas élever la voix sur ses filles, voir dans leurs yeux la peur qu'il avait éprouvée, lui aussi, enfant, face à l'autorité agressive et rigide de son propre père. De manière indirecte, il les fliquait en espérant les aider. Peut-être aurait-il été plus sévère encore si Dieu lui avait donné des fils. Il n'aurait pas voulu les voir devenir comme ceux dont il essayait de protéger ses petites chéries. Son honneur, son salut, dépendaient, selon lui, de la dignité de ses filles.

Anissa : t'aime bien le lycée ?

Dylan : sa va frchmt y'a pire. Tfai quoi ?

Anissa : jss ds ma chambre avc de la musik et toi ?

Dylan : je joue à Calloff sur l'ordi, t'as Insta je veu voir des photos de toi !

Anissa : ouais c'est nissou_btb mai y'a r dessu

Dylan : ah ué pk ?

Anissa : jsui pas belle en photo

Dylan : t mieu en vrai cpg

Le cœur d'Anissa fit un bond, plusieurs même, incontrôlables, des bonds à atteindre sa mâchoire et à lui décrocher un sourire. L'incursion de Dylan, même virtuelle, dans la langueur de ses nuits apaisait sa solitude. Anissa se sentit bien, à ce moment-là, en sécurité. Ce garçon lui témoignait de l'intérêt, elle le recevait comme un geste tendre qui la caressait de l'intérieur. C'est ça qui manquait à sa vie, cloîtrée entre les quatre murs de sa chambre : quelqu'un à qui parler, juste un peu d'attention. Anissa traversait l'existence comme une plaine aride, la douceur de Dylan étanchait soudain sa soif d'affection. Ça tenait du miracle. Et ça lui suffisait pour s'attacher, pour faire confiance. Si son père avait eu conscience, à l'autre bout de l'appartement, du piège dans lequel sa benjamine était sur le point de tomber, peut-être aurait-il osé être plus généreux, la couvrir des attentions, des mots doux, que silencieusement, elle réclamait et dont le manque faisait d'elle, aujourd'hui, une proie.

Anissa : jvai mdoucher on svoit dmain ? Bisou

Dylan : att, envoie une photo de toi é jte di mon avis !

Anissa : tu vx un photo de moi ?

Dylan : ui qd tu va à ta douche

Anissa : aaaah tu veu un nude

Dylan : lol oui... C pr voir vite fé pck jsui sur que t bonne en sou-vêtement

Elle hésita. Son corps était rétif à l'idée de se soumettre à cet exercice mais, en même temps, Anissa avait besoin de se sentir regardée, désirée par un garçon. Et puis tout le monde faisait ça, non ? Il suffisait de jeter un rapide coup d'œil sur TikTok pour voir des centaines de filles de son âge danser en bikini, célébrées ou insultées en commentaires. Sur son fil d'actualité s'enchaînaient, frénétiquement, de courtes vidéos pimpantes, aux bandes-son entêtées, sans lien aucun les unes avec les autres. Elles la captivaient, l'immergeaient dans une douce hypnose permanente – un espace hors du temps baigné de conseils make-up, de sketchs, de chorégraphies saccadées, stylées ou approximatives, et puis de corps de filles irréels, embellis par la ringlight qui nimbait les visages et illuminait les teints. Sur TikTok, tout est vif, tout est sexy, tout semble accessible, tout vous donne envie d'en être.

Anissa : tu montre a prs promi ?

Dylan : jamais, t'es folle ! C ke toi et moi ici.

Nissou a pris une photo.

➢ Dyl_95 a fait une capture écran.

Anissa : mai pk t'as fé ça? Ta promis de pa garder !

Dylan : mais rho fé moi confiance.

26 novembre 2020
Paris 13^{e}

Abel avait promis de passer la soirée avec Nora pour la réconforter. Il devait venir la chercher à 21 heures en bas de chez elle. Depuis des semaines, elle souffrait de ne pas le voir assez souvent. Elle enfila le crop top noir aux manches longues et au col légèrement incurvé qui révélait le haut de sa poitrine ; l'hiver approchait mais la tendresse orangée de ce mois de novembre lui permettait encore de dévoiler sa peau sans trop subir le froid, d'autant qu'il aimait beaucoup sa poitrine ronde et rebondie. Pour tromper son attente, Abel envoya en pleine journée un texto surprenant et rare. Il écrivit simplement « Je t'aime, t'es la femme de ma vie ». Nora rit d'abord nerveusement en découvrant le message ; comment le croire ?

Plus de six ans auparavant, cet homme, elle l'avait aimé avant de connaître son prénom.

Le 8 février 2014, quand elle le vit pour la première fois, Nora fut saisie. Ce n'était pas une rencontre, c'était comme s'ils se retrouvaient. Sa présence l'aimantait et lui donnait la sensation neuve et étrange d'une intimité parfaite. Où s'étaient-ils connus avant ? Qu'avaient-ils déjà partagé ? Elle éprouvait un sentiment étrange : tout ce qu'elle avait été et tout ce qu'elle allait devenir fusionnait, à cet instant, en eux. Il était passé à côté d'elle, dans cette soirée étudiante, où l'on est toujours trop nombreux, trop serrés, les uns contre les autres, leurs bras s'étaient heurtés. Une tectonique des plaques. L'ordre de son monde en fut bouleversé. Le lendemain, Abel lui envoya un message sur Facebook : « C'est toi que j'ai vue hier soir ? » Avant de lui répondre, elle parcourut son profil pendant une quinzaine de minutes, essayant de cerner sa personnalité. Sur ses rares photos, sa beauté l'étourdissait. Son regard à la fois sûr et égaré réveillait en elle des émotions puissantes et contradictoires. Elle s'y blottissait tout entière, il révélait une âme instable. Nora ne savait pas comment interpréter la tristesse qui s'en dégageait. Les yeux d'Abel, d'un noir profond vantablack, ne laissaient filtrer aucune lumière. Essayer d'y lire quoi que ce soit s'avérait aussi périlleux que se pencher sur un abîme. Le reste se voulait plus rassurant : ses cheveux courts, dégradés sur les côtés et coiffés en brosse, sa petite barbe soignée, ses épaules musclées mais pas trop larges, son mètre quatre-vingt-dix qui élançait son allure... Abel prenait soin de son apparence.

« Oui, c'était moi. T'es rentré tard ? » Elle finit par répondre et ils échangèrent toute la journée jusqu'à la tombée de la nuit. Il fallait rattraper des années de conversations, toute cette vie d'avant l'évidence. Et chacun de son côté fit des liens insensés, s'abandonnant à leur complicité, entre les erreurs et les ex, tout menait à eux, à ce chaos harmonieux. Les choix de vie décisifs, les hasards, les avaient poussés l'un vers l'autre. Nora, par exemple, avait hésité à sortir la veille. C'était un signe, n'est-ce pas ? Comme leurs échanges furent riches, intenses, ce soir-là. Jamais elle ne rit autant avec un homme. C'était fluide, ils se promenaient librement de sujets futiles en débats sérieux. Alors, bien sûr, quand Abel proposa un rendez-vous, en tête à tête, le lendemain, Nora accepta. Dans son studio de boursière, ils s'embrassèrent spontanément. D'abord, il toucha ses lèvres du bout des siennes, très lentement, comme s'il voulait les goûter et il chuchota : *T'es belle, c'est incroyable comme t'es belle.* Cette phrase glissa de l'oreille de Nora jusqu'au creux de ses reins, semant en elle des frissons comme autant de bulles embrasées, et parfois, quand elle y songeait, même dans la rue, cela déclenchait en elle une tendre décharge électrique qui la traversait de part en part, du ventre au cœur. Seul l'amour pouvait provoquer ça, se disait-elle, cette force qui irrigue et cingle vos organes au risque de les intoxiquer.

Ce soir de février, leur première fois ensemble, Nora s'était sentie profondément vivante. Abel et ses bras formaient alors un monde en soi, un moule si confortable qu'elle voulut s'y blottir éternellement. La terre entière pouvait attendre. Il lui suffisait de le regarder, de contempler les détails de son corps idéal, aux abdos parfaitement dessinés, pour avoir envie de lui. Abel comprit en observant son visage de femme, sa bouche émue, entrouverte, que leurs désirs brusques de fusion, de tendresse, s'accordaient enfin. Il se glissa en elle et y trouva une jouissante vérité ; leurs deux corps s'entendaient parfaitement. Dans ce moment intense, le regard sombre du jeune homme s'adoucit. La peau douce de Nora, l'accueil chaleureux de ses hanches lui offraient un réconfort inattendu.

Ils furent à partir de ces instants irrémédiablement liés. Ils le ressentirent. Ce n'était pas seulement du plaisir, ni seulement du sexe, leurs âmes avaient trouvé là un endroit de repos, un endroit où guérir sans parler.

Chaque fois qu'ils devaient se voir, Nora repensait à cette lointaine première fois, et le simple fait de convoquer ce souvenir provoquait en elle, jusque dans l'intimité de ses entrailles, des spasmes érotiques. Elle se préparait pendant des heures dans l'espoir de revoir, ne serait-ce qu'une seconde, cet enfant en lui qui avait besoin d'elle. Mais encore fallait-il qu'il vienne…

Nora, 20:52

Je suis prête ! T'es sûr que tu viens hein ?

Abel, 20:53

Mais oui arrête avec ça !

Nora, 20:53

D'accord, j'ai hâte je t'attends.

Elle enfila sa paire de bottines à talons et réajusta le bouton de son pantalon taille haute, révélant ainsi un fil de peau. En claquant la porte derrière elle, elle embarqua son sac à main et sortit presque en sautillant de joie. Mais l'épais brouillard qui enveloppait son cœur ne se dissipait pas, au fil des années, les doutes, les disputes et les disparitions soudaines d'Abel avaient formé une couche si épaisse et humide en elle qu'elle ne pouvait plus jamais être sereine. Debout devant la porte de son immeuble, elle voulait croire qu'il allait venir, qu'il serait là dans quelques minutes, qu'il allait apparaître au bout de la rue. Nora le guettait. *Pourquoi changerait-il d'avis au dernier moment sans même la prévenir ? Il n'allait pas recommencer.*

Nora essayait d'oublier à quel point Abel en avait fait une habitude. Quand il revenait avec des excuses, des grandes déclarations, parfois même les larmes au coin des yeux, elle pensait sincèrement qu'il pouvait un jour changer. Encore faudrait-il être *capable* de fonctionner autrement. En vérité, Abel jouissait de la faire souffrir. Dans sa dévotion et sa faculté à pardonner, il puisait de quoi revigorer sa masculinité, son ego. Il dépendait d'elle pour exister, et la manière dont elle faisait de lui le maître total de ses émotions le galvanisait.

La grand-mère de Nora lui disait toujours qu'il fallait du courage pour aimer un homme, qu'il fallait patienter avant qu'il s'assagisse. Elle lui expliquait, avec conviction, les différences de nature fondamentales entre les hommes et les femmes, surtout concernant les sentiments. Ils devaient, disait-elle, passer par une phase de jeunesse insouciante à enchaîner les rencontres, à consommer des corps à outrance, à goûter à la liberté totale qu'exigeait leur pénis incontrôlable, et après, seulement après, ils en choisissaient *une*. La bonne. Celle qui arriverait à les cadenasser, en les faisant languir, en trouvant la formule magique transformant leur appétit sexuel en désir de construire et de s'engager. Il fallait être de celles qu'on épouse, pas de celles qu'on fréquente juste un soir : une distinction qui sépare les filles bien des autres, les filles respectables des filles *faciles*. Cette distinction n'existe pas pour les hommes. Les principes inculqués à Nora étaient simples, ils allaient dans le sens de la norme sociale : si un homme ne se comporte pas de la bonne manière avec une femme c'est de sa faute – à elle et à elle seule. C'est parce qu'elle ne savait pas le garder, ne se montrait pas à la hauteur, ou au contraire, se révélait trop exigeante. S'il restait, en revanche, elle avait gagné. Nora, de toutes ses forces, essayait d'être la bonne. Tous les jours, elle tentait de se persuader que le comportement d'Abel n'était que l'accumulation de petits écarts, et qu'un jour il deviendrait, par miracle, un homme aimant et digne. Elle voulait offrir à sa famille le mariage dont elle rêvait ; celui qui survit au temps et aux obstacles, l'infidélité des hommes en faisant partie. Une union qui serait célébrée dans la tradition avec les youyous et les caftans. En plus, Abel avait tout, en apparence, du gendre idéal ; le même niveau d'études, les mêmes origines maghrébines qu'elle. Nora les imaginait danser tous les deux, rire sur leurs trônes devant des invités joyeux et l'image était belle. Peut-être que se marier avec Abel finirait par la rapprocher un peu des siens, par faire taire les soupçons de trahison à leur égard, peut-être qu'Allah la récompenserait de bonheur après toute cette souffrance, même si elle ne s'avérait pas être une croyante assidue.

Ce jour-là, Abel la planta une énième fois. Elle ne rentra chez elle qu'après de longues heures assise sur le trottoir, le décolleté frigorifié. La sidération la privait de réaction. Elle se sentait abstraite d'elle-même, soudainement dissociée, et ne se rendait plus compte de rien mais s'observait depuis le vide où cette soirée l'avait précipitée. Elle ne pleurait pas, elle ne savait même pas si elle était blessée. La seule vérité qui lui était accessible, à ce moment-là, est qu'elle était abandonnée, assise, sur le trottoir. Abel bloqua son numéro. Il la torturait. Et elle savait qu'il disparaîtrait encore quelques jours voire même plusieurs semaines. La jeune femme ne s'en émouvait plus. Elle aurait voulu pleurer, évacuer la déception. Mais quand la douleur est à ce point installée, elle ne fait plus mal. Le cerveau et le corps, atones, en ont soudain comme oublié la formule. Inaccessibles aux émotions – en état de vigilance et de choc permanent. En soi, tout est inhibé, tout est à l'agonie.

Pourquoi restait-elle, malgré tout, avec cet homme ? Parce qu'il réussissait à la convaincre que leur passion exigeait cette violence, que tout ceci était plus acceptable que l'absence – le néant. Elle préférait ses disparitions, ses tromperies, ses mensonges, ses insultes, l'enfer qui habitait son regard, tout, plutôt qu'être seule – sans lui. Elle avait lutté, au début. Elle s'était épuisée face à lui, contre elle-même. Essayant tant bien que mal de maintenir une barrière, de distinguer le bien du mal, avant qu'il n'anéantisse tous ses repères. L'enfant qu'elle essayait de sauver depuis le premier jour en Abel s'appliquait à la détruire.

L'épuisement finissait souvent par gagner Nora. Les nuits où ils se disputaient, elle dormait peu. Nora était hantée par un fantasme : Abel et elle roulaient dans une voiture, sur l'autoroute, bien au-delà de la limite de vitesse autorisée. Ils chantaient un de leurs tubes de rap préféré, les visages éclairés par les lampadaires, mais d'un seul coup, par un geste brusque délibéré, Abel tournait le volant et les envoyait dans le fossé. Le vacarme des freins, des pneus, des vitres brisées réveillait brusquement Nora. Tout paraissait si réel et étrangement si apaisant. C'était comme une libération, pour elle, de les imaginer en finir, là, à jamais tous les deux. Plus de montagnes russes ni de questionnements incessants. Quand Nora pensait à leur mort, ça l'allégeait. *Je sais que c'est bizarre de vous dire ça mais il n'y a pas d'issue... Je ne peux pas le quitter, impossible !* Elle s'était confiée à une psychologue, une fois, pour tenter de comprendre ce rêve récurrent. La spécialiste avait conclu, après une analyse distante et froide, à une dépendance affective et des pensées suicidaires. Nora décida de vivre avec.

9 décembre 2021
Argenteuil

Depuis deux semaines, Anissa s'endormait le téléphone en main, tous les soirs, en parlant à Dylan. Leurs conversations, souvent brèves et redondantes, ponctuées de *ma belle gosse*, devenaient pour elle un rituel rassurant, une douce routine, où elle pouvait oublier le dédain, le mépris et la haine de tous les autres. Il ne jugeait ni sa timidité ni son corps longiligne et frêle mais s'évertuait à la complimenter, à souligner son originalité, sa différence : elle n'était pas comme les autres filles *trop sûres d'elles et trop maquillées.* Régulièrement, il lui demandait des photos de son visage, de ses lèvres et de ses petits seins. Elle les prenait dans le noir, sans se lever du lit, en sélectionnant d'abord son filtre préféré ; celui qui lisse, matifie la peau et affine le nez avec un papillon bleu. Grâce à ses réactions, toujours enjouées et flatteuses, elle se trouvait presque belle. Le lendemain matin, alors que les différents groupes d'élèves attendaient patiemment devant la grille du collège, les yeux cernés sans doute d'avoir scrollé toute la nuit, passant d'une application à l'autre, la vraie vie reprenait son cours.

En public, Dylan et Anissa ne s'adressaient pas la parole. C'est à peine s'ils échangeaient des regards ou des sourires discrets. Implicitement, sans même en parler, un accord les liait ; la nécessité de garder leur relation secrète, cachée. Anissa savait que Dylan mourrait de honte à l'instant où la classe saurait ce qu'ils partageaient. Elle ne voulait pas non plus imaginer les autres élèves découvrir qu'elle se transformait la nuit en effeuilleuse privée sur Snap, elle n'était pas sûre de vraiment le vouloir ni même de l'assumer.

Mais la gêne, ce jour de décembre, allait devenir une expérience générale. La classe fut d'abord excitée en voyant arriver en cours de biologie une intervenante extérieure. Cela suffirait à faire passer plus vite l'interminable leçon de SVT, elle s'annulerait presque. Pendant que les élèves s'installaient, Juliette Bodin se présenta en étalant des préservatifs sur les tables. De façon prévisible, ils furent accueillis par des ricanements. Elle passait dans les rangs, ses chaussures heurtaient le sol sans aucune délicatesse, et on la suivait au son – celui de sa voix aussi – car elle parlait fort, avec énergie. *Je suis ici pour votre premier cours d'éducation sexuelle.* Il lui fallait prononcer ces mots sans penser à leur sens, avec un sourire et un ton professoral – détaché. Mais les visages des adolescents ne purent s'empêcher de rougir, certains tentèrent de le cacher en remontant la fermeture Éclair de leur veste jusque sous leur nez ou en détournant le regard, cherchant parmi leurs camarades un signe de désapprobation complice. Un seul osa crier : *Mais wesh ça se fait pas ça, madame !* Il trahissait d'un coup ce que tout le monde pensait : *C'est quoi tous ces Blancs qui veulent absolument leur apprendre des trucs ; les maths, les poésies éclatées ok mais là non faut pas abuser*. Mme Bodin listait les MST et les IST en distribuant des brochures de prévention contre le VIH qui offraient une approche de la sexualité franchement repoussante.

Ils en voyaient tous les jours, partout, du sexe, mais le mot sexe restait associé à du vice, du *sale*, qu'il fallait purger dans le noir, sans jamais en parler, du moins pas avec des adultes. Pourtant, une bonne partie d'entre eux connaissaient déjà les milfs, les bigboobs, les threesome. Les garçons s'aventuraient, en cachette de leurs parents, sur des sites pornographiques. Ils se masturbaient là pour la première fois, en matant des seins refaits, droits et opulents, défiant les lois élémentaires de la gravité, des pubis imberbes irréels et des cris surjoués. Ils se montraient parfois entre eux des vidéos, exagéraient leurs exploits, s'inventaient des premières fois orgasmiques. Juliette, malgré sa bonne volonté et sa pédagogie, ne se rendait pas compte de l'ampleur du chantier. Une seule génération la séparait d'eux, mais c'était celle du développement massif des smartphones. Une éternité. L'inconscient des jeunes hommes associait déjà le plaisir d'une femme à la douleur : des fessées, des gifles, des étranglements. Ils étaient lancés dans la course à la performance, à l'abondance pour renforcer leur place dans le clan et leur virilité. Loin de la réalité du sexe – parfois maladroit, doux, hésitant, sensuel –, des mises en scène artificielles et crues les excitaient alors même qu'ils dénigreraient celles qui accepteraient de se prêter à de tels jeux car *il n'y a que les putes qui font ça*.

Les filles, elles, abreuvées des mêmes images, redoutaient évidemment ce moment, le moment du premier rapport : qui rêverait d'un truc si trash ? À l'inverse, la tendresse, le désir d'exploration de soi se réveillait en elles, plus intense encore avant leurs règles quand les hormones en ébullition gonflent les seins, soudain sensibles. Elles ne désiraient pas être touchées, elles voulaient accompagner ce qu'elles vivaient, elles-mêmes, avec douceur, avec retenue. C'était quelque chose de neuf et d'intime qu'elles n'avaient pas tout de suite envie de partager : cette envie irrésistible d'émerveillement devant leurs corps en mutation. Une envie vite réfrénée, brutalement contrariée. Leurs corps les décevaient, en fait. Elles les cachaient trop vite, souvent sous des vêtements trop larges, pour prendre le temps d'apprivoiser ce qu'elles vivaient comme une défaite : elles voyaient bien sur les écrans, chez les icônes de téléréalité et les influenceuses d'Instagram et de TikTok, qu'elles ne se conformaient pas à la norme. À cette nouvelle époque où être belle, c'est être bonne – c'est-à-dire disposer de parties de corps exagérément baisables, des lèvres gonflées à l'acide hyaluronique aux fesses remplies à l'aiguille –, elles souffraient quasiment toutes de dysmorphie et de complexes créés de toutes pièces pour les soumettre. Elles ne se classaient pas dans le top mondial à portée de clics, mais elles apprendraient à considérer l'intérêt d'un garçon comme un miracle. Dans le même temps, biberonnées aux contes de fées, elles associaient encore le sexe à l'amour, à la romance, au prince charmant. La majorité d'entre elles rêvaient de ne connaître qu'un seul compagnon, d'en tomber follement amoureuse, parce que *seules les putes font du sexe avec plusieurs hommes*.

Vous ouvrez délicatement le sachet, surtout pas avec les dents, et vous pincez le bout avant de le glisser. Des petits pénis en plastique mou étaient dressés en érection sur les tables et chaque binôme devait les habiller d'un préservatif en suivant méticuleusement les instructions. Les mains d'Anissa tremblaient en s'approchant du jouet. Dans son esprit, elle s'imaginait que celui de Dylan ressemblait à ça, ça ne suscitait en elle aucun désir mais du dégoût. *Pourquoi se vantaient-ils tous autant de posséder un machin aussi laid entre les jambes ?* Il semblait, lui, bien plus à l'aise et l'observait d'un air amusé. *Attends je vais t'aider, laisse-moi faire*. Dylan déroula le latex sur le faux sexe d'une seule main franche, en l'agitant de haut en bas, avant de grimacer, écœuré par la sensation visqueuse et l'odeur du lubrifiant. *Beurk*.

Ils lâchèrent le mot en même temps et, l'opération accomplie, ils se regardèrent en pouffant de rire. Leur complicité n'échappa à personne.

Au fond de la cour, cerné du seul espace vert de l'établissement, il existait un coin un peu retiré avec un banc protégé sous les arbustes. Dylan y avait donné rendez-vous à Anissa à la fin du cours de SVT en griffonnant sur son cahier. Elle espérait ce tête-à-tête depuis longtemps. Quand la sonnerie retentit, une bouffée de chaleur jaillit du fond de sa gorge et elle se dirigea, pâteuse et hésitante, vers *la cachette*. Dylan avait quitté la salle précipitamment, pour arriver avant elle, empruntant le couloir opposé pour brouiller les pistes et s'assurer d'échapper aux regards. Maintenant assis côte à côte, plus proches que d'habitude, leurs deux jambes s'effleuraient comme pour effacer la distance qui les séparait encore. Dylan posa la main sur le genou droit d'Anissa, tourna la tête vers elle en l'inclinant légèrement et embrassa subitement ses lèvres, sans prononcer un mot. Juliette Bodin avait oublié d'évoquer la notion de consentement. Dommage. Anissa ne bougea pas, figée de surprise, ses yeux grands ouverts louchaient sur la pointe du nez de Dylan pour tenter d'accompagner le mouvement.

Mais vous faites quoi, là ? Le baiser fut interrompu par un plus jeune qui s'éloigna aussitôt en courant dans tous les sens pour colporter ce qu'il venait de voir.

16 décembre 2021
Quelque part dans Paris

La voiture allemande se faufilait dans les rues assombries de la ville sous une lune pâle et embrumée. Abel tenait le volant d'une main et, de l'autre, il bloqua le numéro de Nora ; un réflexe. Elle l'attendrait de toute façon. Pour éviter de s'excuser des rendez-vous non honorés et de ses fréquentations annexes, il la punissait par son absence. Ça marchait chaque fois ; le manque qu'elle ressentait la contraignait à essayer de le joindre maladivement, à tout prix, via un autre numéro ou un autre compte sur les réseaux. Elle devait manœuvrer, attendre, espérer. Alors, quand ils reprenaient contact, c'était comme une bouffée d'oxygène en pleine apnée, et ça lui suffisait pour tout pardonner. Ce mécanisme, rebaptisé amour passionnel dans les films et les livres, piégeait Nora et se fondait en fait sur une pure et radicale haine d'elle-même. Mais seul Abel semblait en avoir conscience et en jouer.

Il méprisait les femmes ; ces personnes sentimentales et pitoyables, prêtes à sacrifier leur dignité, lorsqu'il s'agissait d'amour. Autant qu'il vomissait les hommes sensibles. Seuls les êtres capables de raison et de mesure, d'apathie en fait, d'imperméabilité, méritaient son estime. Rien ne le touchait vraiment. Par exemple là, en route pour rejoindre ses amis, il ne pensait pas au chagrin de Nora, recroquevillée d'inquiétude et de douleur dans son lit. Une fois, elle l'avait appelé, suffocante, en pleine crise d'angoisse. Nora entend encore son rire, à la fois réjoui et sec, sonner à ses oreilles, juste avant qu'il raccroche cruellement. *Un de nous deux va finir par mourir, Abel.* Mais il existait quelque chose de jubilatoire, pour lui, dans le fait de provoquer la chute, lente, d'une femme de cette trempe. Les supplices qu'il lui infligeait n'affectaient cependant ni sa beauté ni sa puissance. Elle irradiait d'une force incroyable qu'il s'obstinait à essayer d'amoindrir. Il se savait petit, merdique, à côté d'elle. Il l'admettait parfois en disant : *Tu vois pas que je suis pourri de l'intérieur, tu mérites mieux.* Ces mots attendrissaient Nora, immanquablement, et elle essayait alors de le convaincre du contraire, de *se* convaincre du contraire.

Elle se répétait ainsi qu'Abel avait bon fond : après tout, il reconnaissait ses erreurs. S'il en avait conscience, il pouvait changer. Avec le temps, sa constance et son attention l'aideraient à devenir cet homme qu'elle voyait en lui. Il abritait un enfant blessé, en chérissant cet enfant, elle ferait advenir l'amour. Nora, dans ces moments-là, était entièrement faite d'empathie et de bonté. Et cette bonté étourdissait Abel. Il refoulait alors l'admiration qu'il avait pour elle en repoussant les limites de ce qu'elle pouvait supporter.

C'est étrange d'admettre qu'Abel fut le premier fan de Nora, celui qui crut en elle plus que les autres. Lui aussi ressentit cette énergie charnelle unique entre eux le premier soir, le besoin irrépressible de s'agripper à la candeur qu'elle dégageait, ébloui par l'authenticité de son sourire, qui l'accueillait en toute confiance. Ses cheveux en cascade, de la même couleur que ses sourcils épais qui n'assombrissaient pourtant pas son visage, lui donnèrent tout de suite envie d'y plonger la main. Plus bas, sa taille marquée dans une jolie robe marron aimantait aussi la deuxième. Il voulut alors posséder tout ce qu'était cette femme.

Puis lors de leur première discussion, sa détermination força son respect. Abel, lui, ne savait pas quoi faire de son intelligence. Aujourd'hui encore, des années après l'obtention de son diplôme, il restait tiraillé entre un poste d'urbaniste pour flamber, en costume, dans la capitale et un rôle d'éducateur dans le quartier populaire et provincial de son enfance. Le deuxième choix lui paraissait plus confortable, à proximité des siens, de ses amis. Un choix pour ne pas trahir. Abel savait que même s'il troquait un jour ses jeans contre un costume, il ne serait pas le bienvenu partout. Il restait, dans ses codes, dans son cœur surtout, un mec de cité. Et même si son charisme naturel impressionnait, il n'était pas épargné par les contrôles au faciès et les envois de CV restés sans réponses. À cet endroit-là, malgré leurs déchirements permanents, Abel et Nora se rejoignaient, se comprenaient. Mais il était plus radical qu'elle dans son désir de ne pas faire bonne impression, de ne pas chercher à plaire. Abel ne se vivait pas comme un dominé mais un rebelle, convaincu que sa capacité à refuser toute forme d'*intégration* le rendait plus fort. Il ne se renierait pas. Nora admirait la dignité de son homme, elle s'y retrouvait pour une part. Ses conclusions sans appel réclamaient une révolte populaire. Il devenait, devant elle, un leader politique dont elle partageait la soif. La soif de justice. La jeune cadre chérissait ses conversations parce qu'elles lui rappelaient leur lien profond ; leurs expériences communes, leurs mêmes ambitions. Peut-être qu'ensemble, ils finiraient par trouver un équilibre entre leurs deux cultures, leurs deux pays et les deux classes sociales.

Abel aimait-il Nora ? Il pensait que oui. Puisque l'amour, dans son esprit, ne comprenait pas le respect, la constance, le soin de l'autre, et tout ce blabla des livres de développement personnel pour meuf. L'amour, il l'évaluait à ça : Abel ne s'imaginait pas vivre sans elle, à long terme. Et c'était décisif. Quand, lors d'une dispute, elle hurlait : *Un jour je vais réussir à te quitter*, il fracassait son poing contre le mur. Ça flattait presque Nora, mais elle l'interprétait mal. Il ne s'agissait pas là de la frayeur d'un homme amoureux, c'était plutôt l'angoisse maladive d'un prédateur à l'idée de se retrouver sans proie. Une dépendance aussi puissante et pure qu'une drogue : se voir, se déchirer, faire semblant de se perdre, y croire à en crever, tout ça exaltait en eux la peur et la dopamine, le manque et la fièvre du soulagement, bref, une addiction extrême confondue avec ce qu'il croyait autant qu'elle : ils vivaient le grand amour d'une vie.

Abel ne voyait pas le mal. Il trouvait cela normal de vampiriser l'énergie de Nora. Il participait ainsi aux logiques de dominations généralisées. Les forts contre les faibles. L'invulnérable capitaliste qui s'enrichit sur le travail de l'ouvrier, l'Occident victorieux accaparant les richesses des pays du Sud démembrés, les jets privés des ultrariches qui volent au-dessus d'une planète meurtrie, partout, des femmes violées, mutilées, chaque jour. Tout n'est qu'appropriation et dévastation. Abel choisissait seulement son camp : celui des dominants. Et, comme tout asservisseur, il était conscient que sa place ne se maintenait que dans l'illusion. Face à une résistance, il étouffait la colère d'un geste paternel, et offrait, en échange de la résignation, des excuses et des promesses d'avenir meilleur.

Lorsqu'un homme accapare une femme de cette façon, c'est la soumission totale qui l'intéresse, en puisant dans ses qualités à elle, sa réussite sociale, la justification de sa propre valeur. Dans la mécanique de leur couple dont il se voulait maître, il reproduisait un schéma conscient ; celui d'un homme détaché face à une femme dévouée. Il hésitait, elle patientait. Il n'exprimait rien, elle parlait sans arrêt. Il s'autorisait à fauter, elle prouvait sa loyauté. L'un devait sauver l'autre ; elle devait se sacrifier.

Dans la berline désormais garée en double file, Abel et son ami Lyes fixaient l'avenue, éclairée et vide, qui s'étirait devant eux. *Nora m'appelle, je pense que c'est pour toi.* Lyes, assis côté passager, lui tendit son téléphone. *Je vais pas répondre, garde-le, elle me soûle.* Agacé par sa brutalité, Lyes insista en rapprochant l'appareil vers la joue d'Abel, avant de décrocher lui-même. *Ouais, allô, No', non je suis pas avec lui... Ok, je te dis si je le croise.* Après avoir raccroché, il afficha une moue réprobatrice. *Tu la fais souffrir et franchement elle mérite pas ça.* Il savait que cette phrase suffirait à enflammer Abel dont le sourire en coin, effectivement, s'affaissa. *Te mêle pas de ça !* Il s'enfonça dans un long monologue sur sa propre souffrance, ses problèmes d'argent, toutes ces filles qui lui couraient après et ne l'aidaient pas à rester fidèle. Rien ne pouvait convaincre Lyes qui descendit brutalement du véhicule.

Lyes avait essayé plusieurs fois de sortir Nora de cette impasse mais il redoutait Abel. Quand son meilleur ami disparaissait trop longtemps, ému alors par la voix inquiète de la jeune femme, au téléphone, il lui proposait sa compagnie, du réconfort sans jamais trahir Abel – leur lien fraternel. Mais il ne comprenait pas pourquoi Nora insistait autant. Ce mec était tellement instable. Certes, au début, Abel ne parlait que d'elle, l'avait présentée, émerveillé, à leur entourage, s'était appliqué à lui offrir des cadeaux pour célébrer la moindre occasion, mais tout ceci n'était plus. Après quoi courait-elle ? Alors, malgré toute sa bienveillance, Lyes ne pouvait s'empêcher de la juger : *pourquoi était-elle devenue si bête ?*

DEUXIÈME PARTIE

« Pire encore quand t'as pas de frère,
de père et que t'es seule
à calmer ton seum pour éviter
de sortir un gun.
Plus je connais les hommes,
plus je risque de faire de la taule. »

Diam's, « Si c'était le dernier »

17 décembre 2021
Musée du Louvre

L'ébruitement de la relation naissante entre Dylan et Anissa changea radicalement le comportement de l'adolescent. Il ignorait désormais sa partenaire ou n'hésitait pas à se montrer plus féroce que les autres quand il s'agissait de l'humilier. Il pensait ainsi parvenir à nier la profondeur de ce qui les liait et conquérir une place nouvelle auprès de ses camarades. Cela fonctionnait puisque Dylan rejoignait progressivement le clan des garçons qui s'acharnaient toujours sur elle, avec constance, mimant des embrassades langoureuses qu'ils accompagnaient de gloussements de dégoût. Alors, la perspective d'une sortie scolaire les enchantait, elle leur offrirait sûrement l'occasion de continuer et d'étendre ce qui était devenu leur occupation favorite : persécuter Anissa.

Aucun élève de 3ᵉB, à part Dylan, ne s'était jamais aventuré si loin, par-delà le périphérique. Paris ne se trouvait qu'à une dizaine de kilomètres de leurs tours HLM, pourtant, ils allaient pénétrer un autre monde qu'ils redoutaient. À peine sortis des bouches du métro, aux portes de la capitale, ils se savaient indésirables. Les garçons surtout, presque systématiquement contrôlés par la police. Dès qu'ils sortaient de leurs quartiers, ils avaient le sentiment de passer la douane, de franchir clandestinement les frontières d'un pays sans en détenir le visa alors même qu'ils en étaient citoyens. Mais cette fois-ci, sur ce point, le contexte se voulait rassurant : Mme Barbier se portait garante de leur voyage dans les quartiers huppés. Le bus, affrété pour l'occasion, s'immisçait déjà par le nord avant de rouler au ralenti vers l'infernal rond-point de l'Arc de triomphe. Assis au fond, comme à leur habitude, les meneurs encourageaient le chauffeur à accélérer, réclamaient toujours plus de vitesse, toujours plus de sensations dans les virages. Mais les vendredis matin, surtout la veille des vacances scolaires, la route se mâche centimètre par centimètre dans la ville des lumières – et des travaux.

Aux alentours de 9 h 15, l'engin réussit tout de même à s'enfoncer jusqu'au centre touristique de la capitale et sa pyramide en verre : le musée du Louvre. Même si cette visite ne séduisait pas tous les collégiens, elle restait un moyen d'échapper au quotidien, aux logorrhées des professeurs, aux programmes à respecter, coincés entre des murs défraîchis et un faux plafond si bas qu'il les empêchait, en règle générale, de se hisser où que ce soit. Il leur fallait s'épuiser sur ces livres usés, comprendre, dans la langue de l'institution, qu'on leur demandait en fait en permanence d'être autre chose qu'eux-mêmes – autre chose que des pauvres. Ils savaient par ailleurs qu'une place hors des marges n'existait pas pour eux. Fouler le sol en marbre du Louvre, cette ancienne forteresse médiévale transformée ensuite en résidence royale, leur offrait enfin un peu de hauteur, un peu de champ pour rêver. Ils s'émerveillèrent d'ailleurs tous devant la somptuosité du bâtiment – pas Anissa. Les excursions, les groupes, accusaient la rupture, amplifiaient son sentiment d'exclusion. Elle marchait à côté de la professeure, sans un bruit, priant pour que cette femme n'entame pas de conversation. Si jamais elle le faisait, Anissa le savait, elle fondrait en larmes.

Après la distribution des billets, le cortège irrégulier se dirigea vers l'escalier de droite, à l'entrée du pavillon de l'Horloge, pour atteindre l'aile Sully au premier étage : la majestueuse salle des Caryatides – ancienne salle de bal de la Renaissance – abritait des œuvres antiques. La bande du fond se mit bien sûr à pouffer. Les explications emphatiques du guide peinaient à couvrir leurs ricanements. Motif de l'hilarité ? Ils pointaient du doigt la sculpture de l'*Hermaphrodite endormi* aux fesses féminines nues et cambrées offertes aux regards mais dont la jambe gauche, pliée avec sensualité sur le côté, laissait entrevoir un pénis. Le mariage d'une poitrine féminine et d'un sexe masculin sur le même corps provoquait la nervosité des garçons. Face à cette nudité bisexuée, ils se protégeaient derrière un masque de virilité réprobatrice. *Je préfère encore le corps d'Anissa*.

En cachette, Dylan montra dans son téléphone la photo intime d'Anissa, celle qu'elle lui avait envoyée quelques semaines auparavant, et qu'il gardait contre sa volonté. Le flash de l'appareil camouflait à peine le visage de la jeune fille et malgré les éclaboussures de lumière sur le miroir de sa salle de bains et son profil obstiné, on la reconnaissait parfaitement. Tout dans sa posture trahissait la honte, le manque de confiance. Les épaules recroquevillées et les bras hésitants, Anissa portait un soutien-gorge blanc rembourré, mal adapté à sa petite poitrine, et un string rose, sans doute dérobés à sa sœur. Ils étaient beaucoup trop grands pour elle. *Mets la photo sur le groupe Snapchat, qu'on l'affiche cette salope*. Le petit groupe poussait Dylan à la faute. Il hésitait. Dylan avait beaucoup d'affection pour elle. Il chérissait sa nouvelle place au sein de la bande des garçons qui le préservait des brimades mais, au fond, il l'aimait bien, Anissa. Anissa et sa timidité, puisqu'elles ne faisaient qu'une. Son sourire maladroit et discret le matin devant le portail, pour le saluer sans déranger la troupe, lui manquait depuis qu'il la rejetait. Mais à tout prendre, cette affection-là valait tout de même moins que la fraternité masculine, alors Dylan trancha vite : il posta la photo. Les autres dégainèrent leurs portables d'un geste mécanique et franc.

Anissa ne réagit pas tout de suite car elle se savait la cible des notifications. Elle était habituée. Concentrée sur le guide, elle essayait d'ignorer la rumeur d'une attaque dont elle ne mesurait pas encore la puissance. La professeure, en revanche, se retourna. Agacée par les piaillements, Mme Barbier se dirigea vers Dylan et lui arracha le téléphone d'une poigne sèche. L'image s'imposa en plein écran sous ses yeux. À l'affaissement de son visage, Anissa comprit. Des voix se multiplièrent dans sa tête, telle une chorale en canon interminable ; celles de sa professeure, de ses camarades, de ses parents, de tout son quartier et presque de toute la ville pour la traiter de traînée, de dévergondée, d'allumeuse, de pute.

Le temps s'est suspendu. La classe se trouvait dans la salle de la *Vénus de Milo* près de la statue d'Aphrodite nue et sans bras ; la sensualité de la déesse grecque traversait les millénaires mais ce fut soudain très étrange de commenter ses courbes juste après que la classe avait vu, en partie, le corps d'Anissa. Puis les autres visiteurs, et même les gardiens, ont toisé l'ensemble des élèves avec mépris. Ils semblaient franchement embarrassés par la présence intrusive de ces jeunes dans ce lieu feutré de la haute culture. Le bon goût bourgeois de la capitale reconnaît, aux uns et aux autres, la légitimité de visiter ou non ses musées en fonction de la provenance géographique, de l'appartenance ethnique et, disons-le, de la couleur de peau. D'ailleurs un surveillant supplémentaire filait le groupe depuis le début, *au cas où*. Les adolescents, autorisés exceptionnellement à utiliser leur téléphone, immortalisaient tout avec enthousiasme et intérêt, posant des questions à l'infini, ce qui contrastait avec le comportement suffisant des habitués choqués que l'on puisse considérer l'art avec amusement et joie.

Mais la visite fut abrégée à cause de la divulgation de la photo d'Anissa, et toute la classe fut sermonnée dans le bus : un long laïus sur l'utilisation malsaine et perverse des réseaux. En réalité, l'enseignante n'y comprenait rien. Elle pensait même qu'il suffisait d'éteindre les smartphones pour que la photo ne circule plus. Dans ses mains, elle tenait celui, inerte, de Dylan, convaincue de maîtriser la situation. Puis elle alerta immédiatement les parents des deux élèves. Ils furent convoqués une heure plus tard dans le bureau du directeur. Mais la punition, Anissa la subissait déjà et personne n'en mesurait le poids. Recroquevillée dans un mutisme sans fond, elle le payait très cher. Et ce n'était que le début, les commentaires allaient s'abattre sur elle dans quelques heures, s'éparpilleraient dans Argenteuil. Anissa voulut alors s'effacer, disparaître, glisser doucement sous les roues du bus pour ne pas affronter la suite. Son cœur battait maladivement.

Sa mère écoutait méticuleusement les explications du chef d'établissement, ses consignes, toute la procédure à suivre pour porter plainte auprès des instances de police déjà mobilisées et en attente devant la grille. Quand elle entra pour rejoindre Yamina, Anissa examina d'un coup d'œil sa posture. Elle y voyait un mélange de gêne et de déception. Elle s'assit alors qu'ils concluaient et ces conclusions étaient sans appel. Elles fusaient sans se soucier d'elle, de sa présence. Sa parole ne valait rien. Et ce constat s'avérait plus insupportable encore que la trahison de Dylan. Les adultes décidèrent d'une *responsabilité partagée*, avant même de s'adresser à eux. Ils lui reprochèrent son inconscience. Pourtant, seul l'acte de Dylan tombait sous le coup de la loi. Une question sous-jacente leur brûlait les lèvres : celle de rapports sexuels entre deux mineurs, peut-être même dans l'enceinte du collège ? Ils n'osaient pas l'aborder mais il le fallait et le jeune homme y répondit : un *non*, surpris et bref, qui détendit l'atmosphère. Dylan était débordé par la portée, les conséquences, de son geste. Il avait seulement voulu ricaner avec les autres, se sentir *appartenir* au reste de la classe. Il n'était même pas sûr d'avoir *voulu* la blesser.

Sur sa chaise, à moins d'un mètre de lui, Anissa réfléchissait. Comment leur expliquer, devant cette image irréfutable, qu'elle n'y avait pas consenti réellement, que le regret la mordait depuis ? Avait-elle seulement compris la signification de son geste ? Il figurait une sorte de remerciement, presque une monnaie d'échange, pour les compliments, contre un peu d'attention encore. Elle cherchait dans les mots et les regards des adultes autour d'elle de la compassion, une analyse de la situation qui irait dans son sens, qui la rassurerait. Mais elle ne percevait que leurs jugements et le reflet de sa culpabilité. La mère de Dylan, Mme Tastet, était là aussi, debout et près de son fils, dans ce bureau aux allures soudaines de prétoire. *Je veux que tu t'excuses, demande-lui pardon immédiatement !* Elle parcourait, en faisant dérouler d'un doigt l'écran du téléphone de son fils, les messages envoyés simultanément dans la discussion Snapchat et découvrait, ainsi, l'ampleur du lynchage auquel il participait et auquel il venait de donner une nouvelle dimension. Tout le monde comprit, dans l'expression de son visage, la gravité de ce qui s'y trouvait. Et sa réaction, saine et spontanée, fut d'un grand soulagement pour Anissa. Jamais les adultes n'auraient imaginé que de si jeunes adolescents puissent employer des mots si violents, si cruels : « Elle mérite la mort, cette pute », « Hahah D, bien joué, on reverra plus jamais sa tête, ses parents vont la tuer », « Envoie-nous d'autres photos de son corps dégueulasse »…

Anissa pouvait enfin raconter, rendre tangible, son fardeau quotidien. Elle pensait à la *Vénus de Milo* et à toutes ces statues nues vues plus tôt dans la journée. Elle rêva de se figer elle aussi, mais couverte entièrement de la tête aux pieds, et de demeurer dans un lieu lointain, à l'abri des questions et des regards.

Retour en arrière, le 1er août 2016
Place d'Italie, Paris 13e

C'était l'un de ces soirs d'été où la douceur fraîche et sucrée de l'air caresse les peaux, enivre les esprits si délicatement qu'on en oublierait tous ses problèmes. La relation d'Abel et de Nora se dégradait déjà depuis plusieurs mois. Attablée dans un bar, à deux pas de son studio, place d'Italie, la jeune femme retrouvait enfin ses amis qu'elle n'avait pas vus depuis longtemps. La vie d'adulte consistant principalement à s'excuser chaque semaine d'être trop fatigué, trop occupé par le travail, trop flemmard, en réalité, pour passer du temps avec les siens. Mais, cette fois-ci, Nora avait insisté sur la nécessité de ces retrouvailles. Issa, Naëlle et Awa – son cercle proche – répondirent présents.

Cette année-là, en juin 2016, elle venait d'obtenir son diplôme et avait décidé de rompre avec Abel, de retirer ce corps étranger sous sa peau et de tenter de soigner la plaie qu'il avait creusée en elle. Nora appliquait sa méthode à lui : ne plus donner de nouvelles et bloquer son numéro sans prévenir. Elle tenait bon depuis presque un mois, vingt-huit jours pour être exact. Au réveil, elle vérifiait le temps écoulé sur le calendrier de son téléphone ; la date du 5 juillet marquée en rouge, comme un repère dont il fallait s'éloigner le plus possible. Mais même si elle ne montrait rien devant ses amis, la rupture se traduisait en insomnies. Assise sur son balcon ou son canapé-lit – dans cette même pièce qu'elle louait depuis le début de ses études, composée d'un coin-cuisine minuscule avec un mini frigo, un micro-onde, une plaque de cuisson, et ce petit espace pour dormir collé à une armoire –, Nora observait pendant des heures à travers la baie vitrée, les écouteurs vissés dans les oreilles. Les deux fenêtres agrandissaient le logement de seize mètres carrées donnant sur les grandes tours du quartier des Olympiades, dans le 13e arrondissement. Une en particulier, la plus grande ou du moins la plus visible depuis chez elle, attirait en permanence son attention. Elle ne connaissait rien de ce bâtiment, ni son nom ni sa hauteur réelle, mais la tour Sapporo se hissait fièrement, droit devant, sur ses trente-six étages depuis presque cinquante ans. La journée, sa façade écrue et usée se couvrait des ombres élancées de ses voisines. Toutes ces tours formaient une sorte de bouquet, chacune portant le nom d'une ville ayant accueilli les jeux Olympiques : Sapporo et Tokyo au Japon, Mexico, Athènes, Rome ou encore Grenoble, entre autres. Les premières étaient composées de logements privés et les deux dernières, en forme de barres, d'habitats à loyer modéré. L'ensemble servant un projet de *mixité sociale* radical et innovant à l'époque des années 1970. Nora ne percevait, la nuit, que le jeu incessant des lumières qui s'éteignaient et se rallumaient, les silhouettes lasses et le spectre bleu et stroboscopique des écrans plats. Des vies qu'elle devinait de loin pour oublier un peu la sienne. Elle se demandait souvent s'ils l'observaient, eux aussi. Si une personne, rien qu'une sur mille, en face, s'interrogeait sur son existence, attardait son regard sur le cinquième étage de son petit immeuble. Était-il possible, même à distance, de ressentir sa détresse, de deviner dans l'ombre de son corps assis et immobile sur la chaise du balcon l'urgence de lui porter secours ? La réponse ne l'intéressait pas. L'illusion de ce refuge soudain, la possibilité d'être considérée suffisait à ce qu'elle aille un peu mieux.

Seule la nuit adoucissait sa solitude. Elle l'enveloppait dans un silence apaisant. Puisque le reste du monde dormait, Nora ne se souciait plus d'être à côté, à contresens de la marche. Dans l'agitation des journées, elle avançait, anxieuse, feignant l'assurance, maintenant tant bien que mal les lambeaux de son cœur ensemble en évitant de respirer trop fort ; une gêne l'en empêchait de toute façon. Elle aurait aimé hurler parfois – *stop j'ai peur, stop j'ai mal, stop je suis perdue* – telle une enfant oubliée, ballottée au milieu de cette foule qui semblait, elle, toujours savoir où aller. Sur tous les visages, Nora retrouvait l'image d'Abel, des fragments, des indices : un grain de beauté à mi-chemin entre la bouche et la joue, un nez fin légèrement relevé, une barbe de trois jours, elle retrouvait même, parfois, l'écho de son sourire sur le visage d'un autre. Et ça accentuait encore son malaise, alourdissait cette boule, douloureuse, au fond de son estomac.

Il lui manquait. Son corps le lui signalait constamment. Tout lui pesait, sa cage thoracique l'oppressait, elle avait souvent la sensation d'étouffer. Même son cerveau surréagissait à la moindre alerte : elle sursautait à chaque sonnerie de notification de son iPhone en pensant que c'était lui, en espérant que ce soit lui. Mais Abel ne revenait pas et l'idée même qu'il puisse l'oublier, se consoler dans d'autres bras surtout, la plongeait dans un vide lugubre. Laminée, happée dans ces gouffres d'angoisse, Nora craignait d'y finir seule et d'en mourir. Elle se résigna et conclut que vivre sans lui était impossible : les souffrances régulières que lui causaient son comportement ou ses attitudes lui paraissaient si dérisoires face aux douleurs viscérales que lui causait son absence. Abel comblait, par sa présence, toute ses carences affectives ; elle, qui avait grandi si peu aimée, transformait ses miettes de belles paroles et ses faux élans en festin. Il est des illusions bien plus confortables que la réalité si on les regarde avec nos yeux d'enfants traumatisés.

Ce soir-là, avant de rejoindre ses amis, Nora avait fondu en larmes dans le métro sous les yeux incrédules des passagers, désarmés devant cette vulnérabilité soudaine. Elle écoutait en boucle une chanson de Diam's qui ravivait sa peine, qu'importe, elle ne pouvait s'en empêcher. C'était cathartique. La rappeuse y racontait, dans des cris et des larmes qui électrisaient son flow, la violence conjugale dont elle avait été victime. Même si Abel n'avait encore jamais levé la main sur Nora, la maltraitance psychologique, le dénigrement insidieux, ses chauds et froids permanents, laissaient aussi des traces et l'affaiblissaient progressivement.

J'avais mal et j'ai rien dit, j'ai eu peur et j'ai souffert
Fermer les yeux, baisser la tête, c'est tout ce que j'ai su faire
L'amour rend aveugle mais j'ai tout vu
C'était écrit malheureusement j'avais pas tout lu
J'ai eu mal et j'ai rien dit, il m'a menacée de mort
J'étais bloquée, j'avais peur mais je crois que j'ai eu tort

Elle s'en voulait de rester si accrochée à lui. L'idée de sa propre faiblesse l'anéantissait davantage, et la possibilité de se sevrer, seule, lui paraissait insurmontable. Elle avait besoin d'accompagnement. Elle qui s'était juré de ne jamais être à la merci d'un homme, qui se battait au quotidien pour gagner son indépendance financière, ne se comprenait plus.

À chaque pause, à chaque balade, elle enchaînait les podcasts féministes et se déplaçait dans les librairies pour acheter les derniers essais à la mode. Elle les connaissait à force si bien, les mécanismes dont elle était victime, elle pouvait les analyser avec distance, ironie même parfois. Ces dernières années, à la faveur des dénonciations massives des viols, agressions sexuelles et autres comportements de prédateurs sur les réseaux, le féminisme commençait enfin à ne plus être présenté comme une lubie de mal baisées, mal rasées. Mais Nora n'avait jamais eu de problème, même avant, à se définir comme féministe. En classe de CM2, elle s'était révoltée contre les garçons qui ne voulaient pas laisser les filles jouer au foot dans la cour. Appuyée par l'institutrice, elle avait défendu son argument : *On ne sera jamais fortes, ni au foot ni à rien, si vous nous dites dès le départ qu'on n'y arrivera pas*. En grandissant, à l'adolescence, elle décida de ne jamais nettoyer la vaisselle des autres et de ne pas apprendre à cuisiner afin de bénéficier des mêmes privilèges que les hommes. Et ça ne l'inquiétait pas, ça lui décrochait un sourire même, qu'on insiste sans cesse sur l'apprentissage de ces compétences nécessaires pour séduire un mari ; elle voyait bien les époux de sa famille – affalés sur leurs chaises pendant les repas, sans pitié pour leurs femmes qui s'agitaient dans tous les sens pour tout préparer, tout servir et tout ranger. À ce compte-là, elle n'en voulait même pas, de mari. Elle avait fui, son bac en poche, loin de la vie de sa mère et de ses tantes, de ces unions fallacieuses qui ne reposaient en réalité, d'après elle, que sur les renoncements et la soumission des femmes. Elle s'enorgueillissait de ce choix au point de se vivre parfois comme une héroïne. Jusqu'à ce qu'elle soit rattrapée par Abel. La voici affligée, contrainte de reproduire tous les schémas de dévotion dont elle pensait s'être libérée. En avoir conscience transformait sa douleur en une profonde colère dirigée contre elle-même. Sur les étagères de sa bibliothèque, Simone de Beauvoir, bell hooks, Gisèle Halimi et Mona Chollet devaient bien rire. À quoi bon farcir son téléphone de captures d'écran sur la charge mentale et la charge émotionnelle ? La théorie, elle la connaissait, l'histoire millénaire de la domination masculine aussi, mais, dans la pratique, en sortir était plus inconfortable que de s'y soumettre ; la violence est parfois si familière aux femmes qu'imaginer un autre fonctionnement relationnel, s'extraire de la norme, se révèle plus étrange, plus désagréable, car il faut alors réinventer l'ensemble des bases, seule, tout en étant continuellement rappelée à l'ordre par le reste du monde. Les injonctions normatives sont puissantes pour la grande majorité des femmes, il reste primordial de se marier, d'avoir des enfants quitte à accepter, ou plutôt à s'habituer au vide dans lequel beaucoup d'hommes les abandonnent. Ils ne savent pas dire leurs émotions, ils les refoulent. Abîmés par une éducation qui leur a interdit les larmes et l'expression des sentiments, une éducation qui leur a par ailleurs appris à rejeter la tendresse, l'empathie, *ce truc de filles*, ils sont en amour complètement impotents et obligent les femmes à surinvestir le couple.

Il faudrait en rire, en faire des sketchs pour dédramatiser ou des pièces de théâtre montrant que *les hommes viennent de Mars et les femmes de Vénus* ; mais nous venons de la même planète patriarcale où l'intériorisation du genre suffit à expliquer les mésententes. Les femmes en sont les réelles victimes. Mais les hommes aussi souffrent de ne pas savoir aimer, d'une quête de validation par leurs pairs qui repose sur leur force physique ou sur l'argent. Et même s'ils accumulaient à l'infini des signes ostentatoires de virilité – du nombre de leurs conquêtes à la marque de leur voiture –, rien ne comblera jamais ce qu'il leur a été retiré : la conviction que leur valeur fondamentale ne dépend en rien de tout ça, qu'ils sont avant tout des êtres imparfaits et sensibles, parfois fragiles.

Nora et Issa aimaient parler d'amour et de ses jeux de domination autour d'un verre, dans les cafés. Issa était un homme au teint hâlé, aux cheveux longs souvent attachés en queue de cheval. Ce jour-là, au Café Jules, il montrait fièrement sa dernière manucure noire en s'acharnant contre Abel *: Ton mec est un connard, un phallocrate et un connard, laisse tomber.* Nora peinait à le considérer comme son ex malgré cette première séparation, car elle savait qu'elle lui reviendrait. Issa détestait Abel même s'il ne le voyait que très peu. Il le détestait par principe : puisqu'il aimait Nora, il ne pouvait que le répugner. Issa, journaliste indépendant, avait encore du mal à vivre pleinement de son métier malgré son talent évident pour cerner les enjeux de son époque, les sujets à écrire, les analyses à formuler. Il les partageait du coup avec ses amies. Avec elles – avec Nora, Naëlle et Awa –, il pouvait s'énerver contre les agressions verbales, les remarques désobligeantes, les questions homophobes et racistes malvenues. Il pouvait assumer sa radicalité : qualifier, par exemple, les hétérosexuels de *médiocres*. Mais ce n'était pas seulement la colère qui les liait, c'était le désir de compassion, d'entraide. Ils finissaient toujours par rire de cette hostilité quotidienne et par inventer des scénarios pour renverser le système.

Awa et Naëlle, elles, tentaient de prôner la modération, la nuance – sans s'en rendre compte, elles défendaient Abel. Lorsqu'elles les rejoignirent, Nora et Issa s'interrompirent. Les quatre chaises en cercle formèrent un espace cloisonné, renfermé sur lui-même et donc protégé, malgré la proximité des autres clients. Et, rapidement, le sujet des relations amoureuses revint dans la conversation. Naëlle refusait le tableau sombre et effrayant des relations hommes femmes dépeint par Issa et s'évertuait à démontrer l'existence de *perles rares*, des hommes investis, désireux de former un couple sain avec leur partenaire. *Pas tous les hommes*, quoi. En tout cas, elle partageait sa vie avec Julien et ne voyait en lui aucune forme de violence, de mépris. Ni chez ses amis. Même si elle s'agaçait de ramasser leurs cartons de pizza, leurs bières, les soirs de match, d'organiser leurs sorties, leurs vacances et même de préparer les valises de monsieur. Elle soulignait toujours son aspect communicatif car Julien ne se fermait jamais, il acceptait la discussion. Tout le reste relevait pour elle du détail supportable. Il l'écoutait, ne prenait pas toujours en compte ses besoins, mais cette *ouverture* suffisait à la combler. Naëlle se sentait valorisée dans ces moments-là.

– Mais tu te rends compte que c'est le strict minimum, quand même ? Faut les applaudir de faire des phrases maintenant, c'est fou comme la barre est basse pour les hommes hétéros.

Issa souriait.

– Donc en fait pour toi c'est un problème si je suis heureuse dans mon couple ?

– Non, pas du tout, je suis content pour toi ! Mais je dis juste qu'il faut arrêter de les féliciter pour des comportements normaux.

– Moi, par contre, je comprends toujours pas comment tu fais pour cohabiter avec lui, avec vos différences je veux dire, releva Awa sans méchanceté, intriguée.

– Eh bien justement, c'est pour ça que ça se passe bien : il s'informe sur ce qu'est la vie d'une femme maghrébine.

Julien provenait d'un milieu bien plus privilégié que le sien. Naëlle était la seule amie d'enfance de Nora, elle venait de la même tour HLM dont elles avaient rêvé de fuir ensemble.

– Ah oui, comme la fois où il t'a dit que quand tu te maquillais trop, ça faisait *beurette* ? ne put se retenir de lancer Issa.

– Il s'est excusé après et je lui ai expliqué pourquoi c'était problématique.

– Il aurait pu s'en rendre compte lui-même. Mais enfin bref…

Nora semblait totalement absente et personne ne le remarqua. Les problèmes de couple de ses amies, moins compliqués que les siens, lui renvoyaient sa propre détresse au visage. Sans se rendre compte de son malaise, Issa poursuivit :

– Tu me diras, tu serais en couple avec un homme non-blanc, ce ne serait pas forcément mieux.

– Ah, ça, c'est encore plus vrai pour les femmes noires, hein ! J'ai vu des tweets d'hommes noirs qui écrivent, tranquille, qu'ils ne pourront jamais sortir avec une femme de la même couleur de peau parce qu'ils auraient l'impression de pécho leur sœur…

Awa revendiquait son célibat. Elle préparait le concours du barreau et avait décidé de ne plus fréquenter d'homme. À l'approche de l'été, elle supprima même Tinder et toutes les autres applications de rencontre de son iPhone, fatiguée de ce marché géant qui la transformait en produit interchangeable. Elle était arrivée à la conclusion qu'aucun homme – ni Noir, ni Arabe, ni Blanc – ne se révélerait jamais à la hauteur de ses exigences et refusait de leur offrir encore la chance de la décevoir. Awa ne souhaitait pas vraiment de relation sérieuse mais elle avait longtemps espéré des rencontres complices et vivantes avec des hommes respectueux. Des hommes, par exemple, capables de ne pas arrêter de répondre ou bien capables de ne pas s'évaporer après l'acte sexuel. Elle finissait toujours par découvrir une facette sombre du prétendant du moment ; un fétichisme pour son corps, son afro et ses origines, une quête d'*exotisme* et de *sauvagerie*, comme ils disaient. Elle découvrait parfois aussi l'existence d'une femme, d'enfants bien cachés.

Awa se tourna finalement vers Nora :

– Et toi avec Abel ?

– On a rompu ! Enfin... Je crois... Je l'ai quitté. Je suis toujours très amoureuse mais j'sais pas, j'ai l'impression à la fois qu'il est là et qu'il n'est pas là. Il m'échappe toujours.

– Et c'est comme ça qu'il t'a rendue accro, remarqua Issa.

– En fait, j'ai l'impression d'avoir trop donné dans notre relation pour abandonner. Le quitter, ça rendrait inutiles tous les efforts que j'ai faits.

Elle venait de refuser un poste prestigieux à l'étranger pour rester près de lui.

– Nora, c'est pas à toi de faire des efforts et tu le sais, tenta Naëlle d'une voix douce.

En rentrant de sa soirée avec ses amis, Nora débloqua Abel et l'appela. Il répondit dès la première sonnerie. Après une longue conversation qui sembla remettre les choses à plat, il la bombarda toute la nuit de messages lui signifiant ce qu'elle représentait pour lui. Il insistait sur le fait qu'il se sentait *perdu* sans elle. Il lui demanda pardon, pour tout, n'hésitant pas à appuyer ses textes de messages vocaux tremblants et émus.

Le cirque de Nora, qui consistait à rompre puis à renouer se reproduisit, après cette première fois, infiniment. Un rythme nocif et infernal s'imposa à eux ; une semaine tout allait bien, celle d'après ils se séparaient, puis se retrouvaient à nouveau la suivante. La mécanique était impeccable et, même si Nora en souffrait, connaître les étapes l'aidait à mieux la vivre : d'abord la tension de la dispute qui les poussait parfois à s'insulter puis la disparition soudaine d'Abel, qui fuyait souvent le conflit en arrêtant brutalement de répondre, tout ça suscitait en elle des réactions contradictoires : la peine, la rage, les crises d'angoisse, les insomnies, la souffrance. Elle finissait par s'en vouloir d'avoir provoqué son éloignement, et ils revenaient finalement l'un vers l'autre. Entre-temps, Abel partait en voyage au bout du monde, filmait ses sorties en boîte de nuit, ajoutait des nouvelles filles sur les réseaux sociaux mais il jurait de ne jamais en aimer, ni même d'en fréquenter d'autres. Et ça la soulageait, un court instant, de sentir qu'elle agissait encore sur lui et le retenait. Nora pensait réellement qu'il ne pourrait pas la trahir parce que de son côté à elle, ce n'était pas imaginable. Abel, comme son fantôme, éloignait tous les autres hommes, sans exception.

12 janvier 2022
Sous le viaduc d'Argenteuil, au bord de la Seine

Le chef d'établissement engagea une procédure contre Dylan. Dans l'attente du conseil de discipline repoussé par les vacances scolaires, il était exclu du lycée. Le temps s'étirait donc, et il jouait en faveur d'Anissa qui bénéficiait désormais d'un accompagnement psychologique hebdomadaire. Le groupe Snapchat principal, lui, avait été supprimé par décision unanime des parents d'élèves. Il finirait sûrement par renaître dans quelques mois. Et même si la majorité de la classe ne la portait toujours pas dans son cœur, ce vacarme rapprocha néanmoins Anissa d'un duo plutôt discret : Astou et Myriam. Les deux meilleurs amis n'avaient jamais participé à son harcèlement même s'ils en rigolaient parfois. Ça les rassurait, en fait, de ne pas en être les victimes car, comme elle, ils se tenaient à l'écart. Myriam se rallia à Anissa après la divulgation de la photo. Astou, toujours la tête ailleurs, semblait juste la suivre. Ils attendaient donc leur nouvelle copine le matin et s'assuraient de ne jamais la laisser seule durant la journée. C'était aussi, en réalité, une mission qui leur avait été confiée par les surveillants. Depuis le dépôt de plainte, ils se voyaient obligés de s'inquiéter du sort d'Anissa quand ils ne pouvaient plus garder un œil sur elle.

Mais malgré la vigilance de tous, malgré les recommandations, Anissa éprouvait encore le besoin d'échanger avec Dylan, de comprendre à quel moment l'envie de trahir était née. S'il avait voulu la manipuler dès le départ ou si l'effet de groupe l'y avait poussé. Comme si son geste était pardonnable si on lui retirait la préméditation. Parfois, elle imaginait entre eux une histoire d'amour impossible. Une passion dont personne ne pourrait comprendre la puissance transgressive mais qui leur appartiendrait. Elle y pensait la nuit, dans son lit, en récrivant complètement le scénario : il avait partagé sa photo volée pour montrer au reste du monde à quel point elle était jolie, et non pour l'humilier. Dans les émissions de téléréalité, qu'elle avalait en cachette, les couples se fondaient souvent sur une trahison initiale. Tous les candidats s'en mêlaient, puis une voix suprême décidait de réconcilier les amoureux dans une pièce à part, couverte de pétales de rose. Avec le temps, malgré les séparations, les infidélités et les règlements de comptes sur les réseaux sociaux, les amants – émotionnellement épuisés mais riches et célèbres – finissaient par s'installer dans des villas de luxe à Dubai. Du Walt Disney moderne, en somme, où les princes agissent et disparaissent quand bon leur semble mais reviennent avec de vraies chaussures en vair – Louboutin. Peut-être qu'au moins Dylan reviendrait vers elle tout court, elle l'espérait.

Privé de téléphone pendant plus de deux semaines, Dylan ne pouvait plus échanger avec sa bande d'amis que pendant une heure, sur le chat en ligne de sa console. Ce jour-là, quand il le récupéra un court instant, il imagina un plan pour se venger d'Anissa. Car Dylan lui en voulait. Il lui en voulait d'avoir finalement tout raconté aux adultes dans le bureau du directeur : il était du coup menacé d'une exclusion définitive. Ça lui semblait insupportable. « Demain, 14 heures, sous le pont. » Le téléphone de sa nouvelle ennemie vibra alors qu'elle griffonnait sur son cahier en cours d'histoire. Machinalement, elle leva la tête pour s'assurer d'être la seule destinataire. Elle n'en revenait pas. Ces six mots lui provoquèrent des palpitations si intenses et saccadées qu'elle crut sentir son cœur taper contre sa poitrine comme s'il voulait en sortir. Anissa était folle de joie.

« Pont », dans le texto de Dylan, désignait le viaduc de l'autoroute A15 qui surplombait les berges de la Seine. On pouvait se retrouver au pied de l'un des piliers, ça faisait des dessous de ce « pont » un spot improbable. Anissa ne s'y était encore jamais rendue mais, à force d'écouter les rumeurs et les histoires des lycéens, cet endroit était devenu un mythe. Elle en connaissait le chemin : il fallait d'abord prendre le bus 18, en bas de la cité, jusqu'à l'arrêt Jean-Allemane puis marcher jusqu'à Aristide-Briand et monter dans le bus 361 qui la déposerait, six arrêts plus loin, à Belvédère. Il ne lui resterait ensuite qu'à descendre la pente vers les quais Saint-Denis. Elle avait tout calculé et entreprit de se préparer une heure et demie avant, juste après avoir englouti son plat de pâtes. Il lui fallait une demi-heure pour s'y rendre. Évidemment, elle n'en parla à personne, ni la veille ni le jour même. Ses parents travaillaient, ils ne remarqueraient donc pas son absence. Après une longue douche, elle s'attarda sur ses cheveux propres et les lissa mèche par mèche, en serrant le fer plusieurs fois jusqu'à voir la fumée s'en dégager. Dans la trousse à maquillage de sa mère, dont elle écartait chaque produit avec précaution, évitant de marquer son passage, elle saisit le mascara et intensifia son regard de trois mouvements imprécis qui déposèrent du noir sur sa paupière mobile, au-dessus des cils. Elle enfila enfin une large veste de survêtement noire à capuche pour cacher son top gris légèrement décolleté. Il venait de sa collection « privée ». La veste choisie couvrait la moitié de ses fesses moulées dans un jean. Ça lui semblait parfait. Sa séduction passait ainsi incognito. En descendant les escaliers, elle prit soin de sortir par derrière pour éviter d'affronter d'éventuelles questions du voisinage. Anissa marchait d'un pas rapide et exalté. La proposition mystérieuse de Dylan l'avait travaillée et hantée toute la nuit, au point de l'empêcher de dormir. Elle avançait, sa musique préférée de Wejdene dans les écouteurs :

C'est du sérieux, j'suis prête à tout pour toi
Dis pas « merci », c'est normal, c'est mon choix

Je t'aime de ouf, j'crois que j't'ai dans la peau
Même le matin, t'es beau, j'ai rêvé que de toi
T'es mon prince dans le château
Et quand je pars en guerre, tu te mets direct au front
L'amour, c'est compliqué, les sentiments sont profonds

L'arrêt de bus n'était qu'à quelques dizaines de mètres du point de rencontre. Elle longea la rue d'Épinay avant de descendre celle des Grands-Saules et se retrouva rapidement au croisement de la petite descente vers le fleuve. Elle ne donnait franchement pas envie de poursuivre. À gauche se dressait, comme une vague d'asphalte couverte de tags, un mur antibruit incurvé qui semblait vouloir se refermer sur elle. À droite s'imposait une façade de pierres indistinctes rongée de feuillages et de broussailles. Elle coupa la musique. Tout en elle était en alerte. Plus Anissa avançait, plus elle avait l'impression de rétrécir. Le ciel blanc de février lui paraissait encore plus haut. Juste après le premier virage, elle fit face à un tunnel étroit. Elle eut envie de faire demi-tour. Le trajet lui paraissait interminable et cette petite galerie s'imposait comme une barrière ultime plutôt qu'une voie d'accès. Si elle le souhaitait, il lui était encore possible d'emprunter les escaliers sur le côté et de rentrer chez elle. Anissa y pensa avant de recevoir le SMS qui la fit sursauter. « Je suis en bas je t'attends. » Elle se retourna, haletante, mais personne n'était là. Seul le vent agitait les branches. Comment Dylan devinait-il sa présence ? Il lui semblait désormais impossible de se défiler : il l'attendait déjà. Malgré le danger qu'elle sentait imminent, malgré l'intuition, elle s'aventura de l'autre côté sans prêter attention aux bris de verre, aux mégots et aux préservatifs usagés qui jonchaient le sol. Après le dernier virage, un immense pilier couvert de tags lui apparut. La Seine, inoffensive, s'écoulait juste derrière. Anissa cherchait Dylan, tournant la tête dans tous les sens, mais elle ne le voyait pas. Persuadée qu'il l'observait, elle l'appela plusieurs fois – en vain. Pour ne pas paniquer, elle décida alors de se concentrer sur le bruit des voitures au-dessus, qui franchissaient le viaduc à un rythme régulier comparable à celui d'un métronome. La présence de ces voitures, à proximité, la rassurait ; quelqu'un préviendrait ses proches en cas d'urgence. Ils accourraient pour la sortir de là, pas d'inquiétude.

Elle se dirigea tout doucement vers un bloc de pierre pour s'y asseoir. Ses jambes faiblissaient.

Quand elle se pencha en avant, dos au pilier, Dylan, dissimulé dans l'angle, surgit. Anissa hurla et manqua de tomber. Il était fier de son entrée.

– Tu m'as fait peur, Dylan !
– Oh ça va ! Je plaisante ! Commence pas à m'énerver !

Sa réponse étonna Anissa qui vit sur ses traits une malignité qu'elle ne lui avait jamais connue.

– Pourquoi tu m'as donné rendez-vous ici ?
– Pour parler. Parce qu'à cause de toi, je vais être exclu de l'école...
– Mais c'est toi qui as balancé la photo ! Moi je l'avais envoyée rien qu'à toi, je te faisais confiance !
– C'est une photo de salope, t'avais qu'à assumer.

Aucune insulte ne surprenait plus Anissa, mais dans sa bouche à lui, elle résonnait telle une sentence. Jamais il ne s'était adressé à elle de cette façon. Les larmes coulèrent instantanément.

– Pleure pas ! ordonna-t-il.

Anissa baissa la tête, honteuse de ne pas parvenir à retenir ses larmes. Elle mesura l'ampleur du piège ; le premier d'abord, puis celui-ci. En vérité, elle ne l'avait jamais séduit. La fausse sympathie dont il avait fait preuve, au départ, pour l'atteindre, c'était pour jouer de sa fragilité. Et c'était l'occasion de conquérir les autres, en la piétinant. Ça faisait d'elle, en fait, l'instrument de l'intégration de Dylan dans la classe, certainement pas sa copine ou sa meuf. Par la suite, il avait perdu le contrôle, c'est tout. Et maintenant, il était trop tard.

– Anissa, pleure pas je t'ai dit, sinon je vais te le faire payer !

La première gifle vint quelques secondes plus tard, sans prévenir. Anissa ne réagit pas. Dylan la tira par le bras près du fleuve, il ne supportait pas son absence de résistance. Alors il lui asséna plusieurs coups secs, à la mâchoire et au bas-ventre. Elle ne se débattit pas. Ni le sang sur ses mains, ni les cris de douleur d'Anissa ne semblaient émouvoir et arrêter son agresseur. Il l'acheva par une balayette, au niveau du genou, qui la rapprocha du bord de l'eau. Anissa ne bougea pas. Les deux bras en avant, Dylan la poussa dans la Seine avant de s'enfuir.

Une voiture, deux voitures, trois voitures… Le temps passait, Anissa s'enfonçait, s'éloignait de la surface, de ses bruits, de sa lumière – elle n'entendait déjà plus rien.

15 janvier 2022
Marche blanche pour Anissa

À la tête du cortège, Nora enserrait sa mère de tout son bras droit afin de la maintenir debout. Elle portait le poids de son corps qui menaçait de s'évanouir sous l'émotion. Des milliers de personnes avaient répondu présent pour cette marche blanche. Comment accepter qu'une adolescente puisse mourir dans de telles conditions ? Les médias aussi s'étaient mobilisés : les journalistes se déplaçaient en reculant pour garder dans le cadre de leurs caméras et de leurs appareils photo les visages endeuillés des proches. L'un d'entre eux se rapprocha d'un groupe de jeunes filles de la cité Champagne et filma la banderole « *Paix à ton âme, un ange parti trop tôt* ». Un texte cerné de photos d'Anissa passées au filtre, des filtres modifiant la couleur de ses yeux, la forme de son nez et de son menton. Le reporter se retint d'exprimer sa pensée : *Étrange époque qui enterre des adolescentes en oubliant leur visage.*

Près de la mère, Issa, Naëlle et Awa se tenaient la main et adressaient à Nora des regards embués. Depuis l'annonce du décès, ils se relayaient pour dormir à ses côtés et s'assuraient qu'elle continue de s'alimenter. Quelques pas derrière, Lyes se tenait seul et n'osait s'approcher davantage du premier rang, conscient que sa présence soulignait l'absence d'Abel. Au milieu de cette foule, Nora ne réalisait pas encore les événements.

Il y a quelques semaines, Yamina, leur mère, lui avait téléphoné pour la prévenir du scandale : l'image d'Anissa en sous-vêtements fuitant dans tout le collège. Quand elle l'apprit, une sorte de dédoublement s'était alors produit en elle ; sa petite sœur lui ressemblait physiquement, sauf au niveau de la poitrine, et la voir dans sa propre lingerie amplifiait son sentiment. Pour autant, Nora n'avait pas dramatisé : une erreur d'adolescente manipulée, avait-elle pensé, rien de grave. Yamina, au contraire, s'était alarmée et redoutait qu'Anissa finisse *prostituée.* Elle avait donc demandé à l'aînée d'intervenir.

Elle accourut le jour même et avait fait face à Anissa, dans son ancienne chambre. Les mots peinèrent à lui venir. Elle ne voulut pas la disputer, entamer un discours d'adulte moralisatrice et lui expliquer l'importance d'être une femme bien, *respectable*. Elle se doutait de ce qu'elle devait déjà endurer. Elle aurait simplement aimé lui apprendre à se protéger des hommes, à reconnaître leurs intentions. Mais face à Anissa, face à sa fragilité qui lui rappelait sa propre solitude d'enfant, le silence s'imposa. Les yeux de Nora étaient, eux, plus éloquents : *Je sais. Je sais pourquoi tu as fait ça, je sais ce que tu cherches mais crois-moi ce n'est pas la bonne solution.* Pour sauver sa petite sœur, il aurait d'abord fallu qu'elle se sauve elle-même. Et dans cette pièce inchangée, au lit simple, transmis de l'une à l'autre, l'absence de complicité entre elles alourdissait l'atmosphère. Une quinzaine d'années les séparaient. C'est comme si elles avaient été, chacune à leur tour, la fille unique de mêmes parents. Nora se souvenait de l'arrivée d'Anissa comme d'un miracle : Yamina et Karim ne parvenaient plus à procréer de nouveau à l'époque. Refusant tout recours et tout procédé médical, ils s'en remettaient à Dieu. La rumeur, les bruits de couloir, qui couraient dans l'immeuble affirmaient que Yamina avortait régulièrement en cachette en buvant de la javel : elle en achetait bien des litres en période de promotion au Lidl. En réalité, son corps bloquait avant même la fécondation, traumatisé à la fois par l'immigration, sa vie recluse en France, et par l'idée de ne pas pouvoir subvenir aux besoins d'une plus grande famille. Son corps accueillit finalement Anissa quand Nora entrait dans l'adolescence. Plus rassurée, Yamina se disait qu'elle était désormais forte de l'expérience nécessaire pour élever une deuxième fille et pour tenter aussi d'apaiser les relations avec un père qui, lui, attendait désespérément un fils. Yamina se promit alors d'équilibrer sa vie de famille en trouvant un travail.

Perdue elle aussi dans ses pensées, Anissa gardait la tête baissée. Devant elle sur le bureau en kit, près des cahiers encore ouverts, trônait un petit cadre photo blanc jauni par le temps. Il conservait l'un des seuls clichés qui existait d'elle avec sa sœur aînée. Nora, alors âgée de 17 ans, vêtue d'un jean et d'un tee-shirt noirs assez basiques, tenait maladroitement dans ses bras le corps potelé de sa cadette dans une robe bleue à bretelles. Elle exagérait un sourire, sûrement pour faire plaisir au photographe. Anissa ne se souvenait pas du moment précis ni de l'occasion pour laquelle cette photo avait été prise dans cette même chambre. À en croire sa toilette impeccable et le serre-tête fleuri qui ornait ses cheveux, peut-être s'agissait-il de la célébration de son deuxième anniversaire.

Anissa prenait conscience qu'elles n'avaient rien d'autre en commun dans la pièce. Sa sœur y semblait étrangère. Nora avait quitté l'appartement familial un an après la scène de la photo. La petite dernière grandissait et ne pouvait plus dormir dans le lit enfantin installé à côté de celui des parents. Les meubles, quant à eux, étaient passés de l'une à l'autre de manière tout à fait impersonnelle. Ce fut comme un remplacement, une substitution. Même pour Karim et Yamina, cela ressembla à une répétition. Sauf que les caractères de leurs deux filles s'opposaient : Nora s'était révélée, très jeune, extravertie et enjouée puis, plus tard, rebelle et provocatrice, alors qu'Anissa s'enfermait, toute jeune déjà elle aussi, dans sa timidité et préférait rester à la maison plutôt que de braver les interdits. Son enfance fut hantée par les remarques et les reproches de son père, il évoquait sans cesse *l'égarement* de l'aînée, ce qui radicalisa la sagesse d'Anissa. Elle nourrissait un mélange de fascination et de répulsion à l'égard de son vieux double inversé. Mais au plus profond d'elle-même, elle lui en voulait surtout de son départ, de l'écart qu'elle creusait entre elles deux d'année en année. Nora ne se déplaçait même plus, elle se contentait d'envoyer un SMS en cas de besoin. Sa présence ce jour-là était une vraie exception. Contrairement aux autres *grandes* de la cité, elle n'assumait pas son rôle de passeuse, d'adulte sympa, bienveillante, chargée de faire découvrir à la plus jeune le shopping, le cinéma, les parcs d'attractions et, s'ils étaient abordables, les concerts.

Nora, elle, cherchait à fuir. Ça l'obsédait : elle voulait une vie plus grande, plus désinvolte, plus libre. Elle pensa d'abord être comblée par son installation, à peine majeure, dans la capitale – rassurée par le panorama de la baie vitrée qu'il lui permettait de continuer de regarder au loin, de chercher un autre horizon, encore. Elle crut se satisfaire de son poste de cadre mais sa quête, en réalité, était bien plus complexe et immatérielle. Nora cherchait partout sa valeur. Or les réponses se trouvaient ici, dans l'appartement familial, et non ailleurs ; cachées à l'intérieur des valises de non-dits que personne n'osait ouvrir, dans les placards qui n'avaient rien perdu des injonctions assassines du père qu'elle gardait inscrites en elle. Elle repensait soudain à leur table à manger, vide, où les repas de famille se faisaient rares. Tous étaient mal à l'aise à l'idée de se retrouver face à face, de devoir meubler les conversations avec légèreté alors que, depuis leur emménagement, seuls des sujets graves s'imposaient. La douleur de l'exil, l'usure du travail à l'usine, la famille au Maroc et ses incessants besoins d'argent, les traumatismes des enfances volées là-bas par la pauvreté, l'ennui et la dépression d'une mère enfermée dans un rôle d'intendante, l'embarras général, les efforts douloureux pour élever deux filles, ici, dans un pays aux mœurs si différentes. Éviter qu'elles ne se perdent trop loin des traditions. Mais il était inenvisageable d'aborder ces sujets-là, à table, en se passant le ketchup.

Dans cet appartement, le temps semblait s'avancer sur un fil, comme un funambule : un faux mouvement et tout risquait de basculer, de réactiver des chagrins enfouis. La télévision du salon toujours allumée servait de repère inflexible, de cache-misère, si jamais un jour la pendule à aiguilles du salon venait à dysfonctionner. Cette horloge rythmait leur vie, tout était si lourd parfois. Combien de minutes s'étaient écoulées depuis que Nora était revenue pour voir sa sœur ?

Les pièces s'assombrissaient progressivement. Loin de les rapprocher, cela accentuait encore le malaise de Nora. La grande sœur était toujours angoissée à l'idée de revenir à *la banane* et d'affronter les remarques des petits en bas sur son look de Parisienne puis, en haut des escaliers, le regard fuyant du père qui lançait en l'air de simples formules de politesse, comme si elle n'était pas tout à fait là. Anissa savait combien ce retour devait coûter à sa sœur. Elle lui était reconnaissante de s'être déplacée. Elle préférait de loin subir ce face-à-face gêné avec elle plutôt qu'avec leur père, enfin, leur géniteur, tenu heureusement à l'écart de l'événement. Anissa espérait, depuis longtemps, partager avec Nora ses égarements. Recevoir un peu d'amour. Connaître la consolation. Ce n'était visiblement pas le bon moment.

Quand Nora quitta le domicile familial, après son bac, le concours de son école de commerce en poche, la fierté dominait chez les Bentaleb. Mais Nora sentait désormais, à travers les remarques de ses parents, à quel point elle devenait *une autre* à leurs yeux. Alors, même si elle n'habitait qu'à quelques dizaines de kilomètres, elle leur rendait peu visite. Une prise de distance qu'ils interprétaient, eux, comme de la honte. Ils se trompaient. Elle nourrissait un profond désir de revanche et voulait les sortir de là. Mais *sortir* de quoi au juste ? Avait-ce le moindre sens pour eux d'*en sortir* ? Le voulaient-ils seulement ? C'était leur vie, leur quotidien. Ils l'aimaient. De toute façon, le monde était si brutal qu'elle réussissait à peine à s'en sortir elle-même. Nora s'en voulait de ne pas gagner suffisamment d'argent pour leur permettre d'arrêter de travailler, d'offrir à sa sœur les divertissements dont elle rêvait. La crainte de ne jamais être à la hauteur des renoncements de ses parents ne la quittait pas. Leur exil, en soi, relevait du sacrifice : il n'avait eu pour but que d'offrir une vie meilleure à leurs deux filles. Yamina et Karim le leur rappelaient souvent. Parfois, durant ses longues nuits blêmes, Nora se souvenait des premières années ici, à la cité Champagne, des larmes de sa mère qui regrettait le Maroc, de ses vomissements, de sa fatigue. Et puis son père désarmé, désolé d'y avoir cru, si déçu, au fond, de la *promesse* française. Karim avait perdu son optimisme, l'usage de la parole – lui qui avait été si bavard. Il se contentait finalement d'aller travailler et de rentrer, épuisé, de s'affaler sur le canapé. Il oubliait ses devoirs de père. Karim entendait bien Nora – qui grandissait dans son ombre – prier pour une autre vie, loin d'eux. Il se doutait qu'elle finirait un jour par lui reprocher son mutisme, et il redoutait tous ces livres qu'elle lisait, les discours qu'elle tenait à sa mère dans la cuisine sur l'émancipation.

Karim était fier du parcours de sa fille, de son intelligence, de son instruction, mais il s'agissait du savoir des *autres*, *des Français*, et forcément, à terme, cela les éloignerait. Lui-même s'était progressivement éloigné de sa religion et ne nourrissait sa foi qu'en période de ramadan. Il tentait tout de même de maintenir certains préceptes dans son éducation ; des valeurs de générosité, de loyauté, de respect des anciens, de reconnaissance mais aussi de discrétion et de pudeur. Il savait que Nora finirait par le juger là-dessus, lui et son conservatisme, son entêtement à préserver *son honneur de femme*, à la sermonner sur les relations amoureuses hors mariage. De son point de vue, elle jouissait de tout ce dont il avait tant manqué ; la sérénité d'une enfance confortable. Même lorsqu'il découvrait ses conneries d'ado, ses sorties en boîte de nuit en cachette, il se contenait et se félicitait de trouver les moyens d'agir différemment de son propre père. Ses filles ne savaient rien des coups reçus, des réprimandes alcoolisées, de ses nuits passées dehors. Elles n'imaginaient pas combien il lui était coûteux de briser ce cycle. Karim ne les cognait pas et il était donc convaincu de ne pas être violent. Il s'en prenait aux murs, aux objets, à lui-même parfois en hurlant. Il menaçait Nora de la mettre dehors, de la renier – *Si je le décide, tu n'es plus ma fille, c'est ce que tu veux ?* Elle le regardait immobile, en larmes. Être confrontée aux traumas de son père, à ses plaies si vives, la désarmait. Malgré ses cris, dans ces moments-là, il paraissait fragile. Le lendemain, Karim avait tout oublié et il redevenait calme, presque timide. Il ne se sentait pas coupable : *C'était un coup de colère, c'est tout.* Sa fille n'en portait aucune trace physique, ça lui suffisait. Mais, à force, il avait abîmé Nora sans jamais s'en excuser. Et elle avait hérité de ce qu'elle détestait le plus chez lui : son incapacité à exprimer ses émotions, à briser le silence, les tabous, quand la situation l'exigeait.

Les câlins d'un père, les encouragements d'un père, les conseils aimants d'un père : elle ne connaissait pas. Deux ou trois fois par an, quand elle revenait les voir et franchissait la porte d'entrée, elle le découvrait, inévitablement assis devant la télé du salon, stoïque, sans émotion. Karim semblait toujours ailleurs, son esprit s'égarait et fantasmait le pays laissé derrière lui. Il repensait souvent aux récits de ses aînés, à ceux de son grand-père surtout qui avait combattu pour la France. Abderahman risqua sa vie, aux côtés des autres tirailleurs africains au premier rang. Pour quoi ? Quelle reconnaissance ? La guerre s'invita partout ensuite, elle resta une menace permanente avant l'indépendance et les hommes n'en dormaient plus. Jusque dans leur inconscient, la lignée des Bentaleb fut bouleversée par ce sens imposé du devoir et du sacrifice ; elle a forgé leur masculinité. Le bruit des bottes, la poussière, la boue rouge sang, les tirs de fusil, les explosions de grenades, la mort ou la folie qui emportaient les camarades, seule la fraternité a permis aux soldats survivants de tenir. Toute cette violence coloniale, imposée de l'extérieur, s'est infiltrée ensuite dans leur vie quotidienne, dans leur rapport au monde ; une brutalité des mots et des gestes, des excès de colère pour pas grand-chose comme s'il fallait encore expulser ces douleurs collectives, comme si les fils et les petits-fils héritaient de cette charge.

Face au silence obstiné de son père, Nora eut parfois envie de lister ses manquements. Et puis, elle imaginait ses fissures encore ouvertes, toutes les blessures intimes qu'il devait encore soigner. L'âme du vieil homme survivait telle une terre aride jamais irriguée. Son cœur semblait tout aussi desséché. Petite, Nora ne put y planter ses racines. Elle essaya de le comprendre, de l'aimer malgré tout, mais puisqu'il ne fit jamais l'effort, lui, ni de la comprendre, ni de l'aimer, elle finit simplement par s'accommoder de sa silhouette, alanguie et atone, toujours au même endroit. Parfois, lui n'y arrivait plus : il ne pouvait plus cacher qu'elle l'insupportait. Quand Nora s'adressait à lui, il faisait mine de ne pas l'entendre et Yamina, obligée d'intervenir, le lui signalait. *Ta fille te parle*. Dès son entrée au collège, Nora était devenue totalement indéchiffrable pour son propre père, alors il évitait de la regarder. Elle cherchait, depuis, une confirmation de son existence – ailleurs. À 15 ans, la naissance d'Anissa écarta définitivement Nora de l'attention du père. Elle s'investit du coup dans des relations amoureuses pour forcer d'autres hommes à la voir. Dans sa capacité à l'ignorer, Abel lui ressemblait tellement.

Le procession marchait désormais vers le lieu du meurtre de sa sœur, sous le pont, et toutes ces réflexions, tous ces souvenirs, se bousculaient en Nora. Il ne restait que les proches et les plus courageux autour d'elle car le chemin menant à la Seine s'enfonçait et l'atmosphère devenait lugubre. Sur les derniers pas d'Anissa, Nora s'imaginait à sa place, et cette empathie soudaine la foudroyait. Elle se sentait coupable : et si Anissa s'était rendue ici en pleine conscience du danger, en l'espérant même, pour aimanter l'attention de ses proches ? Peut-être qu'Anissa avait nourri, à force, la croyance entêtée que sa sœur reviendrait sitôt qu'elle serait en danger ?

Nora s'arrêta net. Comme s'il devenait soudain insupportable pour elle d'aller au bout, de faire face à la Seine meurtrière. Elle leva les yeux au ciel en répétant plusieurs fois, d'une voix désespérée, ce qu'elle avait tenté de signifier à sa petite sœur dans le silence de leur chambre : *Je suis désolée, Anissa*. Ses larmes coulèrent sans retenue, un cri inattendu fendit sa poitrine et brisa le calme alentour. Mais il ne perturba pas le rythme des voitures, qui continuait, depuis la noyade, de battre au-dessus de leur tête.

Lyes, 23:27 :

Bonsoir, Nora,
Je voulais te présenter toutes mes condoléances à toi et à ta famille.
Je n'ai pas osé venir tout à l'heure pour ne pas déranger le sens du cortège mais sache que si vous avez besoin de quoi que ce soit, je suis là.
Je crois que personne n'arrive à trouver des bons mots dans ces moments-là mais qu'Allah apaise vos cœurs.
Allah y rahma.

Nora, 23:30 :

Amine ! Merci beaucoup, Lyes.
Je suis très touchée par ton message et par ta présence tout à l'heure.

Nora, 00:12 :

Je suis désolée de te demander ça mais comme tu es ma seule solution…
Tu sais où est Abel ?
Je n'ai pas de nouvelles.

Nora, 00:36 :

Je ne vais pas bien et j'ai besoin de lui parler.
Je suis complètement perdue là.

Lyes, 00:52 :

Nora, écoute…
Je dis ça parce que jt'aime bien
mais tu devrais te concentrer sur toi
et ta famille.
Oublie-le et pense à vous.

Nora, 00:53 :

Je ne sais pas comment
interpréter ton message…
Il se passe quelque chose de grave ?

Lyes, 00:55 :

Tu viens de perdre ta sœur
et tu te soucies encore de lui.
Je devrais pas te dire ça parce
que c'est mon ami
mais il ne te mérite pas.

Nora, 00:58 :

Mais justement, là,
j'ai besoin de lui !

Lyes, 00:59 :

Et est-ce qu'il est présent, Nora ?
Non… Alors stp…

Nora, 01:01 :

Tu me caches quelque chose, je le sens.

Lyes, 01:04 :

Tu sais mieux que moi comment
il est et que c'est son truc de disparaître.
Pourquoi tu cherches encore après lui ?

Nora, 01:05 :

On est ensemble non ?

Lyes, 01:12 :

Écoute, je suis pas loin d'Argenteuil là.
Si t'as besoin de parler, de prendre l'air
parce que je sais que tout le quartier est
chez tes darons, je passe te voir.

Nora, 01:15 :

T'as raison, ça peut me faire
que du bien.
J'étouffe ici.

Lyes, 01:17:

Au moins ta mère n'est pas seule
pour vivre son deuil.
Descends, j'arrive.

31 janvier 2022
Studio de Nora, Paris 13e

En quinze jours, Abel ne se présenta ni à l'enterrement d'Anissa, ni chez les Bentaleb à Argenteuil, ni au studio de Nora. Il se contenta seulement de l'appeler pour lui parler fiançailles, perspectives d'avenir… Il camouflait toujours ses défaillances derrière de grands effets d'annonce et ignorait la détresse de la jeune femme. Quand elle essayait à son tour de l'appeler, Nora tombait directement sur sa messagerie. Mais, grâce à Lyes, elle ne le vivait plus aussi mal. En deuil, elle n'avait plus la force d'être en colère. Elle n'avait même plus la force d'être triste. Étrangement, sur son visage, alors même qu'elle s'égarait dans son abîme intime, rien ne transparaissait. L'anticerne gommait parfaitement sa fatigue. Un rictus torturé dissimulait ce qui la secouait : des vagues de regrets, des peines nouées et vives, la culpabilité. Jusqu'à lui donner la nausée.

Après quelques jours chez ses parents, Nora retourna à Paris et s'enferma seule, affectée mais en paix, loin de l'agitation et du bruit, loin des traditionnels repas et prières en continu. Ça l'avait étonnée d'abord que tout le quartier se mobilise et que le salon familial puisse recevoir tout ce monde. Ces visages qu'elle ne reconnaissait plus semblaient réellement partager leur peine. Elle fut même rassurée par cette présence constante ; les voisines qui se relayaient du matin au soir pour tenir la main de sa mère, la laisser pleurer sur leurs épaules, les hommes qui récitaient, dans l'appartement d'à côté, les sourates du Coran pour bénir sa sœur. Toute cette solidarité était douce, elle en avait oublié l'existence. Mais Nora finit par être agacée.

Elle ne voulait plus voir personne. Elle n'avait plus envie de sortir, surtout le soir. Dans les bars, dans la rue, partout, Nora ne voyait plus que les couples qui s'embrassaient, complices, en rigolant. Elle le vivait comme une provocation. Cette tendresse-là, cette légèreté lui étaient confisquées depuis si longtemps... Comme beaucoup de femmes, Nora avait cru que l'affection d'un homme devait se mériter et qu'il fallait d'abord tout donner pour tout recevoir. Mais, en réalité, les hommes ne répondent pas vraiment à cette dévotion. Même dans les moments où leurs partenaires ont le plus besoin d'eux. Elle commençait à se rendre compte que les retours d'Abel ne constituaient pas des preuves d'amour, elle qui avait fait trop souvent l'erreur de les additionner pour en faire une source de consolation. Elle réfléchissait longuement à toutes les stratégies inventées pour susciter chez lui des réactions : poster une photo en robe de soirée, maquillée, sur les réseaux sociaux, par exemple. Généralement, il lui écrivait dans l'heure. Elle se persuadait alors que la voir aussi belle ravivait ses sentiments mais, en réalité, c'est le fait de la voir heureuse qui lui donnait envie de la détruire. Abel refaisait surface surtout pour lui intimer l'ordre de s'habiller autrement, petit à petit il s'était accordé le droit de contrôler ses tenues. *T'es à moi, aucun autre ne doit te voir aussi sexy*, répétait-il. Nora ne percevait pas sa chosification derrière cette phrase, elle n'y voyait qu'une saine jalousie, l'affirmation d'un attachement.

Maintenant qu'il ne restait plus rien à abattre, il ne prenait même plus la peine de travailler ses failles. Les larmes qu'elle n'arrivait plus à verser la noyaient de l'intérieur. Dans sa gorge, la sensation de l'eau montant par vagues irrégulières provoquait des états de panique qui l'étouffaient. Elle s'en voulait de penser plus à son bourreau qu'à Anissa. Elle finit par sortir, prit la route, pour tenter de tout oublier.

Au bout de quelques kilomètres, elle se gara à l'angle de la rue où Abel et elle s'étaient embrassés lors de leur deuxième rendez-vous, celui qui avait scellé leur couple. Enfermée, à l'arrêt dans l'habitacle, elle expulsa son désespoir dans un cri strident et s'écroula en sanglots d'une rare intensité. Elle ne supportait plus ses humiliations permanentes, et surtout, le fait qu'il les niait. Cette négation redoublait la violence de ses fuites, de ses manquements, de ses mensonges, de ses trahisons. Elle était devenue l'otage d'un amour qui n'en était pas un. Soudain, ça l'insultait. Elle sentit renaître en elle, dans la douleur même, un peu de vie. Nora ouvrit la page Facebook d'Abel, le seul endroit où il ne l'avait encore jamais bloquée, pour lui laisser un message vocal : *Tu vas me tuer. Tout ça va mal finir. Je t'en supplie, arrêtons ce jeu, cette souffrance.* Sa voix, son appel au secours, son souffle haletant, tout cela faisait comprendre ce que Nora avait enduré pendant de longues, très longues années. La réaction d'Abel, ce soir-là, fut une fois de plus sidérante, il répondit en rigolant : *T'es complètement folle ! Je suis en soirée, j'ai pas le temps pour tes conneries.*

Nora passa la nuit dans sa voiture, garée dans cette petite ruelle cachée de la capitale, sur leurs traces, réveillant le spectre de ce baiser si décisif, sans arriver ni à pleurer ni à dormir. Elle ne pensait plus qu'à eux. Elle n'arrivait même pas à se recueillir. Il privait son esprit de sérénité. Elle l'appela frénétiquement et le rappela encore et encore – cent quatre coups de fil renvoyés vers sa messagerie. La marée, au fond de sa gorge et de son ventre, refluait. Ces va-et-vient, leur houle menaçante, charriaient en elle une lente torpeur – son agonie. Il l'avait traitée de folle et peut-être qu'elle était en train de le devenir, vraiment. Peut-être que sa douleur mutait en déraison. Il en serait alors le seul responsable.

Nora entreprit de fouiller les réseaux sociaux d'Abel pour trouver, enfin, une explication à tout ça : ses revirements, ses promesses, puis ses silences. Le geste assassin de Dylan lui avait appris au moins ceci : rien dans les actes pervers des hommes envers les femmes n'est anodin. Sans même se le formuler, ils ne cherchent qu'à réaffirmer leur domination. C'est leur faiblesse qui les rend cruels – voire criminels. Et soudain, Nora eut peur de mourir, de finir comme sa sœur, d'y laisser sa peau. Par un examen minutieux des likes et des commentaires, elle remarqua un pseudo qui apparaissait souvent : celui d'Eva. En cliquant sur sa page, elle découvrit le profil précis de la suspecte : elle vivait à quelques kilomètres seulement de chez elle, travaillait à la Défense pour une entreprise de consulting et passait ses journées à poster des citations sur la bienveillance et le destin. Physiquement, Nora l'admettait sans trop de mal, Eva était belle. Elle correspondait totalement au style d'Abel. Le visage fin et les cheveux longs – comme elle. Poussée par une intuition pénible, elle se décida à lui envoyer un message : « Bonjour, je suis une amie d'Abel, je cherche à le joindre, il a changé de numéro de téléphone ? » La réponse ne se fit pas attendre : « Bonjour, je suis sa fiancée. C'est pour quoi ? »

Il existe les douleurs physiques provoquées par la maladie, une blessure, un coup, et dont il est possible d'examiner les traces, les séquelles, mais il existe aussi ces supplices que notre âme encaisse et qu'elle finit par transmettre au corps, souvent quand il est trop tard. Recevoir ce message lui fit l'effet d'un coup de fusil, d'une tumeur qui explose. Ce fut plus brutal et paralysant que le brisement d'une vertèbre. Nora ressentit l'onde de ce coup, partout, et fut soudain prise de vertiges et de vomissements. Son cœur abdiquait.

Sidérée par cette révélation, elle réussit tout de même à regagner son appartement. Elle restait à présent, assise et immobile, sur son canapé, fixant presque sans cligner des yeux le miroir posé au sol dans un coin de son studio. Sans ses efforts quotidiens, ses soins, ses vêtements, son maquillage toujours sophistiqué, elle ressemblait à un zombie, le visage blanchâtre creusé par la fatigue et les commémorations de ces dernières semaines. Elle ne s'alimentait plus assez et son corps semblait disparaître sous son survêtement oversize.

Ce qu'elle cherchait tant à fuir s'imposait désormais à elle : elle s'était trompée depuis le début. Sa patience, son endurance, ne paieraient pas car rien, en dehors de lui-même, ne peut pousser un homme à la loyauté. Celui que Nora considérait comme le seul sens possible à sa vie, aujourd'hui, s'engageait donc, dans son dos, avec une autre sans jamais avoir trouvé le courage de la quitter, ni eu l'honnêteté de lui en parler. Une femme blanche – en plus.

La vie des femmes comme Nora, dans tous ses aspects, n'est qu'une succession de combats. Une femme maghrébine, partout, lutte. Déjà dans la sphère sociale et professionnelle, elle est dominée par les Blancs, par les hommes, mais en plus, elle est dévaluée dans sa vie privée face aux femmes blanches, les seules à bénéficier de l'imaginaire romantique, les seules qui rendent les hommes parfois amoureux, attentionnés. Partout, dans la culture, les films, les livres, la musique, les femmes arabes et noires demeurent celles qu'ils fétichisent, qu'ils fantasment, qu'ils violentent, qu'ils dénigrent, celles qu'ils trouvent superficielles, les michetonneuses, les vicieuses. Elles ne sont pas celles qui finissent en couple avec le personnage principal mais celles qu'on humilie pour faire avancer l'histoire. Même si les femmes blanches ne sont absolument pas épargnées par le sexisme, ces hommes-là consentent davantage à faire des compromis pour elles car elles offrent aux minorités un symbole de réussite sociale. Un vestige de la colonisation où les Européennes représentent la pureté et l'élégance là où les corps des autochtones ne sont que des denrées purement exploitables. C'était de ça qu'il était question ici, d'un dénigrement insondable bien plus que d'une trahison amoureuse. Du moins, Nora le percevait de cette manière. Elle aurait préféré qu'Abel la trompe avec une semblable, cela lui aurait évité ces questionnements, le sentiment d'infériorité. Elle se demandait si elle n'était pas finalement à ses yeux une de ces *beurettes* – le mot est à lui seul une insulte – qu'il dénigrait souvent avec ses amis, puisqu'elle avait couché librement avec lui. Une de ces femmes maghrébines, arabes, libres, sexy, diplômées, indépendantes qui sortent en boîte, qui voyagent comme eux et comme les Blanches. Certains ont si bien intégré le dénigrement des leurs qu'ils en deviennent parfois les garants. Ils embrassent cette idée fausse et coloniale que l'autonomie n'appartient qu'aux femmes occidentales et ils se dressent alors contre les femmes maghrébines en s'alliant au sexisme des dominants. Ces mêmes femmes qui les ont tant choyés et défendus pourtant. Il n'y a qu'à voir les relations entre les mères et les fils ; elles leur ont tout sacrifié, dans l'espoir d'être aimées inconditionnellement par un homme, encore. Lésées, forcément, par leurs maris abîmés et leur indisponibilité émotionnelle. Les fils, en échange, les ont érigées en *seule femme respectable*, mais pour asservir toutes les autres. Les entendre honorer, glorifier, celles qui restent *sagement* à la maison leur faire à manger et laver leurs slips, sans rien dire, révoltait Nora. Les voir se vanter d'enchaîner les conquêtes puis chercher *la même femme que leur mère* la dégoûtait. Ils aiment perpétuer une distinction malsaine entre les femmes pour mieux les juger. Mais se rendent-ils seulement compte à quel point ce sont eux les non-mariables ? Non pas que le sexe les rende impures, c'est leur irrespect qui les salit. Abel avait finalement choisi une femme blanche pour s'engager, sûrement parce que la liberté d'Eva lui semblait bien plus supportable que la sienne.

Il ne lui fallut d'ailleurs que peu de temps, prévenu par sa promise, pour débarquer chez Nora en furie, et confirmer la réalité de leur engagement. Son visage, alors qu'il venait de pousser la porte d'entrée, ne trahissait rien. Nora tenta d'y déceler de la honte, ou au moins un remords. En se tournant vers Abel, elle eut l'impression un court instant de revoir son amoureux des premiers jours. L'homme grand et musclé parut d'un coup si affaibli, devant elle, comme s'il allait s'écrouler et la supplier à genoux. En transgressant les limites de la place qu'il lui avait assignée, en cherchant la vérité, jusque dans la blessure, Nora venait de se libérer de leur relation. En le démasquant, elle le dépossédait en même temps de toute estime possible de lui-même. En perdant ceux qu'il blesse et utilise, le manipulateur, ce grand Narcisse, se retourne en son exact contraire : un homme qui se déteste.

Là, Abel ne pouvait plus sauver les apparences. Il ne s'appartenait plus.

Je vais te tuer ! Qui t'a permis de contacter ma famille ? Nora se redressa du fauteuil sans détacher son regard du sien. Cet homme-là, elle ne le connaissait pas. Elle qui aurait voulu rester calme, avoir une vraie discussion, ne put finalement contrôler une seconde de plus la tempête qui la dévastait. Le doigt pointé vers lui, elle hurla : *Comment tu as pu me faire ça ? Après tout ce que j'ai enduré pour toi, tout ce que j'ai pardonné, comment tu oses revenir chez moi et me menacer ? T'es une merde, t'avais raison depuis le début, t'es qu'une merde.* Le visage d'Abel rougit de colère. *Ferme-la ou je te tue.* Il la poussa contre la petite cuisine en l'insultant et en continuant de la menacer. *Tu mérites que je te tue, sale folle !*

Abel était défiguré par la rage et la haine. Il se déclinait soudain en une version de lui-même qui restait étrangère à Nora et qui, ce jour-là, la terrorisait. Elle découvrait d'un coup une réalité dangereusement limpide : il était violent. Très violent. Abel avançait vers elle, la mâchoire serrée. Nora se retourna, attrapa le premier couteau qui traînait sur le bar et le lui planta au niveau de la gorge. Le geste, précis, fit gicler le sang en un seul filet fluide et régulier. Abel se mit à geindre de sa voix rauque et son corps s'affaissa progressivement pour, finalement, heurter le sol. Mais Nora n'entendait plus rien. Elle ne voyait plus rien. La scène semblait se dérouler sans elle, dans un autre espace, un autre temps, entre les deux mouvements anodins d'un métronome. Ne persistait à ses oreilles que le bruit sourd de vagues semblant se retirer, gronder, à l'intérieur d'un coquillage. Elle avait survécu au cyclone mais il lui fallait constater les dégâts. La respiration lente, soudain, d'Abel accompagnait les derniers reflux d'une marée invisible.

– Venez immédiatement, je crois que je l'ai tué !

Nora eut d'abord le réflexe d'appeler l'ambulance avant de se dénoncer à la police, sans paniquer. Elle indiqua machinalement son identité, son adresse, le code de l'interphone et l'étage. Puis, en rangeant le téléphone dans sa poche, elle s'agenouilla dans le sang d'Abel. Elle n'osait pas toucher la plaie. En réalité, elle ne savait pas si elle devait tenter de le sauver ou non, ni même si elle le voulait. Du bout de ses deux doigts, elle lui ferma seulement les yeux et son visage sembla plus reposé, ses sourcils se détendirent. Au contact de sa peau, des larmes lui brouillèrent la vue. Elles tombaient, l'une après l'autre, sur les joues d'Abel – comme s'il pleurait lui aussi. Elle s'imaginait alors qu'ils sanglotaient ensemble, désarmés face à l'ampleur du désastre. Nora ne pouvait se l'avouer mais elle ressentait une sorte de soulagement. Une voix intérieure lui répétait :

C'était toi ou lui, tout est fini maintenant. Ses poumons se desserraient, prêts à respirer pleinement, enfin, et la boule au fond de son estomac s'allégeait. Mais une sensation nouvelle et diffuse la traversa, et fit trembler son corps au fur et à mesure qu'elle en prenait conscience : c'était aussi la fin de tout ce qu'elle avait connu jusqu'ici. Plus rien ne serait pareil. *Je voulais pas te tuer, mon amour, je te jure, pardon, je voulais pas...* Elle agitait son bras d'homme, magnifique et amorphe, dans l'espoir qu'il réagisse, mais quand elle glissa ses doigts dans les siens, Abel ne répondit pas. Nora serra sa main de toutes ses forces et ferma les yeux. Calme, étonnée. Elle n'était pas terrassée par la culpabilité, elle continuait simplement de pleurer. Des sanglots silencieux et lents. Elle allait devoir renoncer à tout ce qu'elle avait espéré, tout ce qu'elle avait voulu. Cette mort ne la soulageait pas. Elle initiait une lutte nouvelle dont elle ignorait tout, encore, et qui l'inquiétait. Un autre deuil, une autre vie à venir où il faudrait tout désapprendre. Nora entendait le bruit des sirènes se rapprocher. Et au milieu de cette dévastation, dans son cœur, enfin, tout lui semblait juste.

Cet ouvrage a été imprimé en France par
CPI Brodard & Taupin
Avenue Rhin et Danube
72200 La Flèche (France)

pour le compte des Éditions Fayard
en décembre 2022

Photocomposition Belle Page

Fayard s'engage pour l'environnement en réduisant l'empreinte carbone de ses livres. Celle de cet exemplaire est de :
650 g éq. CO_2
Rendez-vous sur www.fayard-durable.fr

PAPIER À BASE DE FIBRES CERTIFIÉES

Dépôt légal : janvier 2023
N° d'édition : 82-1013-6/01 - N° d'impression : 3050767